Enantes

Álex Samuel Vélez

Enantes

Casa Yaucana: Taller de Investigación y
Desarrollo Cultural, Inc. (TAINDEC)
Yauco, Puerto Rico

Enantes

© 2024 Álex Samuel Vélez

Edición: Casa Yaucana: Taller de Investigación y Desarrollo Cultural, Inc. (TAINDEC) Yauco, Puerto Rico

Imagen de portada: *Mancha de plátano*, acrílico sobre lienzo, 30" x 40" de Aileen Rosario Colón © 2024

Diseño gráfico y diagramación: Aileen Rosario Colón

ISBN: 979-8-218-55751-5

Entradas

Dedicatoria

Este libro es para mi hija,

Amaleea Victoria Vélez Rosario, te amo todo.

Nota del autor

Esta obra es una novela de ficción inspirada en historias que me hicieron mis abuelos, familiares, amistades y desconocidos por medio de entrevistas y conversaciones informales. Cualquier semejanza de los personajes con personas reales, vivas o fallecidas, o de la trama con hechos actuales o pasados, es completamente fortuito.

Las décimas incluidas en este libro narran historias que forman parte integral de su trama. Fueron grabadas e interpretadas por trovadores y artistas puertorriqueños de renombre. Están disponibles tanto en el audiolibro como en un EP, el cual puede encontrarse en todas las plataformas digitales, como iTunes, Amazon, Apple Store, Pandora y YouTube.

Prólogo

Enantes: un camino de regreso a las raíces

Por José Juan Báez Fumero

Una pareja residente en Chicago viaja a Yauco a celebrar su boda. Justo al llegar, se enteran del paso de un huracán en los próximos días y deciden posponer la celebración para después de la tormenta. Este contratiempo propicia su reencuentro con sus mayores y con su pasado, gracias a las conversaciones familiares, resguardados en medio de la tormenta y a las experiencias vividas los días siguientes.

La historia narrada puede ser leída como el relato del emigrante puertorriqueño a lo largo del siglo XX, visto a través de los viajes de ida y regreso entre Yauco y Nueva York, Nueva Jersey, Cleveland y Chicago, los lugares de asentamiento de esta familia puertorriqueña en los Estados Unidos.

Salpicado de relatos y sueños contados en décimas y el recuerdo de costumbres y tradiciones que se contraponen a las transformaciones vividas por los personajes, como consecuencia del ir y venir de la emigración. *Enantes* es un excelente texto híbrido que enlaza el cuadro de costumbres con el anecdotario histórico de la emigración.

Con la experiencia traumática de un devastador huracán como telón de fondo, el viaje motivado por la celebración de una boda termina siendo un viaje de retorno a las raíces familiares y al reencuentro con la verdadera razón de la vida. La motivación inicial, trastocada por la tormenta, precipita la consumación del propósito de vida que anidaba en el corazón del protagonista.

Nos encontramos con el relato de un viaje de regreso, no solo a los orígenes familiares del protagonista, sino a la razón esencial de su vida: la verdad que se escondía en el fondo de su corazón.

Parte 1

El mil novecientos nunca

Día 4

5:14 a.m.

PUCHUNGA CORRE DESPAVORIDA. Con la lengua por fuera y sofocada, los vientos la estremecen. Se detiene, confusa, frente a una joya que corta el camino. Los chorros de agua bajan de la montaña a borbotones, arrastrando peñones de barro y piedras. Busca para arriba, para abajo, se da la vuelta y da unos pasos, se arrepiente, afronta la joya. Desafiante, retrocede, coge impulso y brinca, extendiendo las patas del frente lo más que puede. Agarra el borde con fuerza, pero la tierra se ha convertido en un fango gelatinoso. Escarba buscando de dónde agarrarse. Las patas de atrás cayeron sobre la corriente. Muerde una rama frente a ella para impulsarse, la rama está suelta, no le sirve de nada. Se la lleva la corriente.

Unos metros más abajo, se aglutinan decenas de palos de café, con las raíces boca arriba, arrancados por el agua y los vientos. Queda varada en ellos. Acomoda las patas, se agarra bien y trata de salir.

El chorro de agua sigue bajando, cada vez más caudaloso. Le golpea la cabeza contra las ramas, no la deja, está cansada. Baja un peñón, le golpea la cadera y rompe algunas ramas. Puchunga se suelta y sale del lío. Está cansada y adolorida. La corriente la arrastró demasiado abajo en la guinda y las patas no le dan para más.

7:44 a.m.

Amaneció y arrancamos para el campo a buscar a Puchunga. Pasamos por la calle Manuel A. Negrón y algunos vecinos ponían tormenteras. Bajamos por la calle Pacheco y pasamos por Econo. Elena quería comprarse algo, pero el sitio estaba lleno, decidimos seguirlo. En la 25 de Julio, las gasolineras estaban llenas de gente buscando diésel para las plantas eléctricas. La fila de carros con paneles de madera en las capotas llegaba hasta el Burger King.

Llegamos al campo y Puchunga salió a recibirnos. Reconoce el sonido de la guagua desde que viene por la curva de la boba. Le ofrecimos un pedazo de pan y nos pusimos a acariciarla, es buena y mansa. Apareció en la finca un día. La gente tira animales por allí.

La cogí y la monté en el cajón de la guagua. Le puse un collar que había buscado en la tienda de tío, también tenía una cadena para amarrarla. Elena se montó en la cabina, le pasé la cadena a través de la ventanilla de atrás con una mano, con la otra sujetaba la perra. Puchunga estaba nerviosa, movía la cabeza y el cuerpo en todas direcciones. No sabía lo que pasaba y como todo perro abandonado, desconfiaba.

Elena no cogió la cadena, estaba embelesada, se soltó la perra, brincó del cajón y se metió para la finca.

Día 1

10:35 a.m.

Venía pegado a la ventanilla. Sollozando en silencio, emocionado y callado, siempre que vengo es lo mismo.

—Aplaude que llegamos —me dijo Elena tan pronto aterrizamos, haciendo cucharitas.

Salimos del aeropuerto arrastrando las maletas y una densa nube de vapor se nos agarró de la piel como pegamento. Buscamos una sombra.

—¡Qué vaporizo! —dijo Elena, agarrándose por el brazo—. Puñeta, pero si esto es un horno, se me había olvidado que el calor siempre estaba tan cabrón, me cago en to.

Observamos la retahíla de carros pasar. La gente alzando los brazos, haciendo un hola que parece adiós. A los policías tocando el pito, con el «muévete, muévete».

Una doñita se nos paró al lado con tres maletas, prendió un cigarrillo, nos escuchó hablar y nos preguntó si éramos boricuas. Se llamaba Josefina, doña Fina y nos dijo que era de Maunabo. Nos invitó a su casa, dijo que tenía una tienda de burritos y tacos, que los vendía por docenas, que era prima de un reguetonero. Me estaba enseñado fotos con el rapero y lo iba a llamar por video. Pero en eso, llegaron los papás de Elena, tocando bocina e ignorando al guardia. Madrugaron para buscarnos y llevaban toda la mañana en San Juan. Nos despedimos de doña Fina y nos montamos rápidamente, los guardias estaban tocando la sirena de la patrulla.

Arrancamos para Piñones, una de las paradas obligatorias cada vez que veníamos a la isla. Soñábamos con un plato de arroz con salmorejo de jueyes, habichuelas y aguacate.

—Dame también una arepa de bacalao y una alcapurria de langosta —pidió Elena, metiéndose por una esquina a un lado de la ventanilla.

Conversamos sentados a la mesa, bajo una uva playera y asediados por una manada de iguanas.

—¿Entonces la boda es la semana que viene? —preguntó dudosamente Betsy, la mamá de Elena.

—Si Dios lo permite —contestó Elena, persignándose—. Dicen que lo que viene por ahí es una monstruosidad, pero vamos a ver, quizá se desvía como siempre. Espero que no nos dañe la cosa. Para eso fue que vinimos.

6:16 p.m.

De camino al AirBnB que alquilaron los suegros en Santurce, dimos la vuelta del pendejo. Isla Verde, Ocean Park, Condado y Viejo San Juan. Sin bajarnos, tirando fotos desde el carro.

Ya instalados en la casa, los papás de Elena se recogieron y nosotros salimos a dar una vuelta. Nos dimos unos palos y salimos a fumarnos un cigarrillo. Olía a yerba más abajo y nos acercamos al grupo.

—Oye, eso huele güeno —dijo Elena, casi gritao.

—¿Quieres una cachá?

—Dale, ok, gracias —asintió Elena con un gesto de hombros y parando la trompa.

Nos dimos dos puffs cortitos y conversamos un rato.

—Ustedes no son de aquí, ¿verdad? Tienen acento.

—Somos de aquí, pero vivimos en Chicago. Vinimos a casarnos, casi toda nuestra familia y amistades viven aquí —respondió Elena, echándome el brazo, con los ojos rojos y bien contenta.

—Diablo, ¡felicidades! Y con una tormenta de camino, eso sí es timing, ¿qué van a hacer?

—Gracias, yo sé, está cabrón. Vamos a seguir con los planes, quizá la adelantemos. Como quiera, mañana vamos por ahí a ver si compramos la ropa de la boda, algo sencillo porque con esto de la tormenta no tendremos tiempo de mandar a hacer un traje ni nada.

—Nena, no sé si te interesa algo así, pero yo soy amigo de Angelou, un modista de alta costura, le manejo sus redes. Mucho gusto, yo me llamo Héctor… by the way. Él tiene varios trajes que hizo para un evento de reinas de belleza hace poco. De seguro te puede ajustar unos a la medida.

—Estas cosas solo pasan en Puerto Rico, mano ven acá, dame un abrazo.

Día 2

8:46 a.m.

Algunas horas más tarde y casi sin dormir, nos encontramos con Héctor y su pareja, Tony, para desayunar en el Viejo San Juan. Nos tomamos un café en Cuatro Sombras y compramos un pastelillo de guayaba y ajonjolí para Angelou.

Caminamos hasta el atelier, quedaba en el segundo piso de un edificio que hacía esquina entre la calle Sol y la O'Donnell. Teníamos que cruzar el Viejo San Juan de sur a norte. Llegamos, subimos por la escalera de espiral, mohosa y ruidosa, hasta que llegamos a un piso abierto, oloroso a tela, pegamento, Niágara y gardenias. Las puertas del vitral llenaban el espacio de luz multicolor, dejando danzar a simple vista, múltiples partículas de polvo suspendidas en el aire.

Angelou nos esperaba, sentado en uno de los balcones, con la puerta entreabierta, acompañando el café con un Benson mentolado.

Elena se midió varios trajes y escogió uno luego de varias horas de indecisión. Angelou se comprometió a arreglarlo antes de que acabara el día, así que le pagamos y nos fuimos a dar una vuelta con Héctor y Tony. Fuimos a la Ostra Cosa, nos comimos unos langostinos y el dueño nos hizo su bebida favorita, limón y otros ingredientes secretos mezclados en la licuadora. Descansamos un rato a la sombra de los árboles que adornan el patio interior del restaurante y aprovechamos para invitar a Héctor a la boda, le dimos la dirección y nos añadimos en Instagram y Facebook.

8:25 p.m.

Camino a Yauco, anunciaron por la radio el aviso de temporal para los próximos días, así que decidimos posponer la boda hasta que todo pasara. Al menos teníamos el traje de Elena.

Llegamos a Yauco, dejamos a los papás de Elena en su casa y nos fuimos para el Tendal. Ahí encontramos a papá sentando en el balcón, de brazos cruzados y hablándole a la calle. Le pedí la bendición, lo dejamos tranquilo y nos fuimos a descansar.

Día 3

8:30 a.m.

Desayunamos y mamá me dijo que había invitado a sus hermanas para la casa y que iban a cocinar. Les dijo que habíamos pospuesto la boda, así que querían compartir con nosotros y que nos quedáramos a ayudarles. Ella sabía que no nos gustaba que hicieran planes por nosotros cuando veníamos de vacaciones, pero esta vez era diferente y no nos importó.

Las tías llegaron casi al mediodía, con varias libras de pan duro como palo y los ingredientes para hacer un budín, dos pollos al horno y arroz con gandules. Azucena, la más joven de las hermanas, abrió una botella de vino blanco y nos sirvió una copa.

Papá nos velaba desde el balcón, con la puerta entreabierta. Escuchando un disco de Daniel Santos que le traje. Es un jíbaro criado a la antigua. De esos que enfrentaban a los toros cebús de frente, con el machete en mano y gritando: «¡Weisooo!». El sonido de platos y mujeres cuchicheando le recordaban a su mamá, cuando de niño vivía en una casa vieja en la cima de una montaña en el barrio Duey.

Su mamá cocinaba con leña en un gran fogón, y si no había, él o alguno de sus hermanos se metían en el monte con el machete a buscarla. Al rato aparecían con una carga de leña al hombro, la repicaban y la tiraban en el patio afuera de la cocina. El fogón era de tres parrillas y tenía las patas largas. Entre ellas era que se metía la leña nueva, bajo la candela. Su mamá se doblaba, sacaba la leña y la metía en el fogón. Los gabinetes eran una tablilla clavada en la pared, sin pintar y sin adornos.

—Ahora no, ahora quieren los gabinetes pintaos —decía entre dientes.

Mamá hizo el arroz con gandules. Primero sofrió unas cuantas chuletas en el caldero, con cuatro dientes de ajo. Las sacó y en el mismo aceite calentó el sofrito, unas cuantas aceitunas en su jugo, pimientos morrones rojos, cebolla, sal, pimienta, orégano y un chorrito de agua.

—¿Ustedes se acuerdan de la de cucarachas que había en casa de mamita? Había un cucarachero que mandaba madre —dijo titi Azucena, chistosa como siempre.

—Se metían dentro de las puertas, por los virotes —respondió mamá—. Eran unas cucarachas grandes, largas. A mí me gustaba molestarlas. Cogía un machete y lo raspaba por las hendijas de las puertas, las cucarachas caían abajo y las gallinas se las comían. Se volvían locas correteando a las cucarachas por el patio.

Tití Nerín preparó el budín. Entre ella y Elena hicieron pedazos el pan con las manos y mezclaron los ingredientes. Por cada libra de pan echaron dos huevos, una barra de mantequilla, una taza de azúcar, dos latas de leche, una caja de pasas, una cucharadita de sal, una cucharada de vainilla, canela a gusto y suficiente agua para que la consistencia quedara cremosa. Lo dejaron reposar varias horas, para luego hornearlo a 350 grados.

Se hizo el sofrito del arroz y de inmediato mamá le echó los gandules. Los guisó a fuego lento con varias tazas de caldo de pollo y hojas de laurel.

De repente se escuchó un alboroto de gente gritando insultos en la calle. Bajé a ver qué pasaba y aproveché para ir al colmado de tío en los bajos. Mamá me había dicho que quedaban radios de batería y desde ese momento estaba ansioso por buscar uno.

El bullicio de gente frente a la tienda discutía sobre cómo era que había un carro colgado de los cables de un poste por una goma frente al sector del Peligro. Que si «el carro chocó con otro y rebotó hasta el cable», que si «al chocar con la acera el levantón hizo que el carro volara». El manco estaba envuelto en el revolú.

—Mere cabrón, la culpa es suya, hijueputa— gritó el manco, borracho y con la lengua pesada.

El otro le zumbó un barre campo y le rompió un labio al manco, que no estaba manco, pero le decían así. Llegó a la tienda con la boca rota, salivando sangre aguada por el chancro que le dejaron. Saludando a todos, sin vergüenza, pidió un palo de ron y una cerveza. Nadie preguntó qué pasó.

Agarré una botella de Campo Viejo y tres de lambrusco Ponte Vecchio. Las metí en mi bulto sin que nadie las viera y cogí un radio pequeño de baterías de atrás del mostrador.

—¿Para qué tú quieres un radio? —me reclamó tío.

Me dijo que solo quedaba ese y que estaba separado para un cliente, que arriba había uno. Lo dejé quieto y me fui, tenía razón, ya todo escaseaba. Me llevé una bolsa llena de chocolates, chicles, Nucitas, paletas, pilones y mentas de a chavo, que valían a tres por cinco.

Contento con mis cosas, pero pensativo por el radio, subí a la casa. Mamá estaba echándole el arroz a los gandules y un poco más de agua, sal y un chorrito de aceite con achiote. Cortó las chuletas fritas en pedazos y se las echó. Lo meneó bien y dejó el caldero abierto hasta que se secara el arroz.

En eso, tití Nerín encontró las botellas de vino.

—¿Oye, qué tú te crees? No somos bones —dijo casi gritando, sacando la botella de Campo Viejo y relegando las de lambrusco a una esquina de la mesa.

Tití Gloria estaba haciendo un adobo para el pollochón. Echó ajos, orégano, pimienta y sal en la licuadora, con un chorrito de agua para que no se pegara. Le exprimió una china por encima a los pollos y los adobó por todos lados, nadie quería ayudarla porque según ellas, se les ponían las manos apestosas.

Se evaporó el agua del arroz con gandules. Lo meneé, despegándolo de los bordes del caldero y amontonándolo en el centro, como me enseñó mamá, que me miraba de reojo a ver si lo hacía bien. Lo tapé con una hoja de guineo por encima y cerré la olla para que se cociera a fuego lento.

Las tías y papá estaban contándole historias a Elena de cómo vivían cuando eran niños.

—Mamita, mi abuela, nos espulgaba el pelo de noche y nos mataba mentiras. Hacía con la boca: «*chk chk*», como si tuviéramos piojos. Así nos quedábamos dormidas. Éramos locas yendo allá —recordó mamá.

Papá también recordaba las visitas a casa de sus abuelos.

—¡Cómo me gustaba ir a casa de Papita! Cuando la vieja decía: «Ve, pa que vayas a casa», eso pa mí era un triunfo. Era un placer ir allá. Subía por aquellos peñones en el cerro como un sajorí. ¿Y tú puedes creer que no sembraban chinas? Un poquito de café y guineos allá en el llano y nada más, eso es lo que había. El café lo tostaban y lo usaban ellos, pero en el campo no sembraban guineos para comer. Bruta la gente de antes.

—En casa de mamita había una piedra que filtraba el agua —contó mamá—. Le echaban el agua que traíamos del pozo por arriba con una tinaja

40

de barro colorao. Entonces había otra tinaja abajo que la recogía, caía gota a gota. De ahí era que tú tomabas agua. Luego de mudarnos para el pueblo dejamos eso botao en el campo. Mira que la gente era bruta. Eso para aquel tiempo ya era una reliquia.

Entre tanto en el Tendal, cayó la noche y el aroma a pollochón, canela y especias se sentía en toda la casa. Las tías se despidieron tres veces.

Día 4

7:15 a.m.

Tío no abrió la tienda. Así que nos fuimos con Elena para casa de sus papás. Paramos en una panadería y les llevamos una cajita con pastelillos de guayaba y un quesito gigante, de esos que meten en una bolsa de pan.

Mientras recogíamos el patio, Don Pepe nos contó.

—Por allá por los ochenta, pasaba por aquí una familia recogiendo fregao. Me imagino que eran del campo y criaban lechones. Y puedes creer que un día, Elena se sentó a comerse un bizcocho de crema y guayaba, de los que vendían los de Hogar CREA, con uno de los nenes. Nos habíamos comido un pedazo y se nos olvidó el resto, lo metimos debajo de unos periódicos en la mesa sin querer y ahí se quedó. Cuando nos dimos cuenta, tenía hongo por encima. Elena tendría como diez años. El nene, que era de su edad, se sentó en la verja de la casa, abrió el

44

bizcocho, con los dedos le arrancó el canto de hongo y lo tiró en una paila. Elena fue a sentarse con él y le llevó un juguito.

—Me recuerda el día en que Víctor aprendió a nadar —le dijo tío—. Estábamos visitando familiares en Adjuntas. Fuimos a un restaurante que quedaba en un hotel y tenía piscina. Allí había unos niños que tiraban una peseta al fondo y luego se sumergían a buscarla. A veces iba uno solo, en otras ocasiones se tiraban varios y competían por ser el primero en cogerla. Víctor estaba embelesado con el juego, quería tirarse a jugar con ellos, pero no sabía nadar. Luego de suplicarle a su mamá para que lo dejara ir, se sentó en la orilla a mirarlos, ella no quería que se metiera y pasara un mal rato. Ellos lo invitaban, pero él no se movía. Quedó petrificado desde el momento en que se dio cuenta que donde se había sentado era hondo. Nos costó convencerlo para que nos dejara sacarlo de ahí.

2:36 p.m.

Regresamos al Tendal y tío se quedó con nosotros un rato. Nos sentamos en la sala, abrimos una papaya y mamá hizo una ensalada con bacalao. Papá estaba en su cuarto, recostado, escuchando noticias y murmurando.

En el tiempo de antes llovía más, si le daba hambre a uno, era tan fácil como irse al monte y agarrar un mangó o lo que fuera —dijo papá, arrastrando los pies camino a la sala y se acordó de Castañer.

Nos contó que el maestro Jaime Castañer, fue el que le enseñó a sembrar en la escuela. Sembraban gandules, repollo, tomates, cebollas, chinas y limones. Después vendían todo eso y les hacía fiestecitas. Una vez buscó un camión de caña y los llevó a la playa, primera vez que él iba. De camino iba un muchacho tocando cuatro y ellos cantando guarachas.

—Todavía los escucho repiqueteando el cuatro —recordó papá.

Se zambulleron en el mar mientras esperaban la comida y estaban desorientados. No sabían que el agua era salada y la arena emplegostosa.

—Castañer —dijo mamá, interrumpiendo la historia de la playa—, además de ser maestro de agricultura, la gente decía que era ingeniero, veterinario y agrimensor. Cuando las vacas se enfermaban en el campo, él era quien las curaba, también medía fincas.

—¿Sabías que a él le dio una enfermedad y se recluyó en la casa? Hizo un mirador en el techo para pasar ahí los días, todavía está vivo.

Día 5

9:06 a.m.

Me senté a mirar la calle del Tendal desde el balcón. Dos hileras de casitas de madera y cemento flanqueaban la calle. Al fondo, el Peligro. Un sector lleno de casuchas abandonadas. Conectaba con el pueblo a través de un laberinto de callejones. Para llegar, había que bajar una escalera abruptamente inclinada y de escalones estrechos, al borde de una curva tortuosa. Del otro lado, Chichamba. Con una hilera de casas a la orilla del río y la otra bordeando el Tendal. Siempre se inundaba y la mayoría de los vecinos ya habían desalojado sus casas. Allí vivía el piragüero del barrio, había un mecánico, una floristería y varios espiritistas.

En la loma, el Cerro de las casitas de colores. Accesible a través de un callejón. Una infinidad de casas construidas una sobre la otra, un arrabal glorificado.

9:31 a.m.

Empezó a lloviznar. Papá estaba tirado en la cama, aprovechando los últimos momentos de tranquilidad. Hasta el balcón lo escuchábamos quejarse de haber regresado a Puerto Rico. La misma cantaleta de siempre. Vivía arrepentido de no haber comprado una casa en Chicago con mucho patio, manzanas y peaches.

—Este temporal va a traer otras vacas flacas. El tiempo de antes se acerca. Ay… malo de verdad —gruñía, levantándose de la cama y camino al baño.

—Toma la toalla —vociferó mamá, dándole un sopapo por detrás de la cabeza—. Yo no sé ni cómo nos secábamos antes —le dijo a Elena—, no había toallas, eso no se conocía. Íbamos al río y nos sacudíamos. Tampoco hacía falta el agua caliente, ni la radio, ni la televisión, ni la nevera. Hacíamos todo antes de caer la noche porque no había luz eléctrica.

Cenábamos a las cinco de la tarde. Comíamos temprano, fregaban y ya.

Todavía en la sala, huyéndole al baño, papá se metió en la conversación.

—La comida era sabrosa. Se cocinaba con una manteca que venía en latones. Ese arroz con habichuelas lo calentabas al otro día en el fogón y tenía un gusto tan bueno —susurró, relamiéndose del gusto.

Nos contó que en aquel tiempo llovía y los guamás parían muchísimo. Como no tenían dinero, se comían uno y seguían, o una guanábana, que se daban silvestres. La carne era el mondongo, que era barato. A menos que tuvieran gallinas. Los lechones y las vacas eran solamente para vender y ocasiones especiales.

En el ínterin, mamá insistía en que se bañara y le dio otro sopapo por detrás de la oreja. Nos pusimos cómodos en el sofá y mamá se acordó del papá de Peter, un don que vendía huevos en el pueblo. Iba por la calle con una banasta grande, ancha, hecha con hojas de palma. Compraba los huevos en el campo y después los vendía a las tiendas o a la gente del pueblo que no tenía gallinas. Anunciaba: «Tengo huevos, tengo los huevos grandes, los huevos del país, de la gallina colorá».

11:15 a.m.

Nos sentamos todos a almorzar. El reloj de la cocina, que se creía iglesia y ni altar tenía, marcaba la hora en su campanario electrónico. Papá, que no perdía oportunidad para hablar de los tiempos de antes, nos confesó de cuando se le perdió un chavo en los guayabos.

Cucha esto, muy atento
éramos muchos en casa
no había ni pa media pasa
era un niño muy hambriento,
mijo créeme, no te miento
lo único que bebía
era si acaso agua fría
en un manantial cercano
¡ay, qué anhelo tan villano!
querer comer cada día.

Cuando mi vieja podía
un chavito ella me daba
que con recelo guardaba
en una lata vacía,
en el patio me escondía
lo guardaba celosillo
me lo echaba en el bolsillo
pues quién sabe lo que viene
el que guarda siempre tiene
aunque sea en el calzoncillo.

Oye me acuerdo clarito
un día por los guayabos
bajando caí de rabo
y se me perdió el chavito,
¡tanto sufrí, ay bendito!
que a la Virgen prometí
sin pensarlo le rendí
una promesa cantada
si es que ella me ayudaba
a encontrar lo que perdí.

Esa mañana florinda
metío entre la maleza
me cundía la tristeza
junto a aquella piedra linda,
en esa bendita guinda
desesperao rebusqué
hasta que me percaté
que el chavito era prieto
como el fango que es molleto
y de pena me arropé.

Del hambre me dio un mareo
hice mi fila en la tienda
a la hora de merienda
pedí un chavo de guineo,
para calmarme el jaleo
Toño me ofreció un racimo
y yo casi me lagrimo
con la mía me salí
al menos algo comí
qué bonito es el destino.

Hoy mi ánima confiesa
que obtuve lo que busqué
aunque el chavo no encontré
nunca pagué mi promesa,
y esta décima traviesa
a la Virgen agradece
que en la gloria por mi rece
aquí entrego yo mi ofrenda
llegué al final de la senda
mi alma en el cielo florece.

1:29 p.m.

Tío entró dando el tiempo. Llevaba todo el día en el colmado. Se tiró sobre el sofá y trepó los pies sobre una pila de almohadones.

—Aquí no ha pasado nada. No está ni lloviendo y el cielo está despejado como si el temporal se hubiera tragado las nubes.

—Esa tienda tuya siempre fue un gran negocio —le dijo papá, rememorando, como si ya no lo fuera.

Franco, el papá de mamá, compró el negocio a principio de los 50 y lo convirtió en la parada donde se cogían los relevos de yegua para los barrios vecinos. Era el punto de ventas más importante del área. La gente hacía sus compras ahí y recogían las cartas del correo. En aquella época no había guaguas, ni taxis. Hasta que llegaron los jeeps, que los arreglaban para llevar y traer gente del campo al pueblo.

Después hicieron una carretera nueva por la Trocha y la gente cambió de ruta. En el barrio había unos diez colmados. Todos vendían. Estaba el negocio de Juan, Pancho, Cindo, Herminio y el de Franco. Esos cinco pegados, uno al lado del otro.

—A papi —recordó mamá mientras nos servía café—, nunca le gustó trabajar en la caña, ni nunca cogió Prera, papi era orgulloso. Era barbero, siempre le gustó tener tenducho. Era jovencito cuando nos mudó del campo para el pueblo. Me trajo chiquita. Empezó a pie, vendiendo galletas y dulces. Después compró la yegua Niña. Esos fueron sus comienzos como comerciante antes del negocio de la plaza y del colmado.

—Las cosas estaban baratas —dijo papá—. Entonces llegó la industrialización de la leche. Muñoz iba bregando más o menos bien antes de eso, pero cuando empezaron los americanos, con el qué sé yo qué, ahí fue donde se dañó. Para traer lo de afuera. Quitaron el tren para traer carros, troces y camiones. A mí me está que Muñoz se vendió. Le dieron chavos por debajo de la mesa para que quitara el tren y trajera camiones y guaguas y hasta la madre que lo parió.

Su papá vendió leche hasta que los de sanidad empezaron a hacer pruebas de calidad y se la botaban. Tenían unas botellas pequeñas que llenaban con muestras de la leche que vendía la gente. Los dueños de los colmados les daban un espacio en las tiendas para que se acomodaran. Llenaban las botellas de leche, les ponían un paño por encima para taparlas y cinta adhesiva.

El viejo llevaba la leche al pueblo de casa en casa. Cargada en cestas a ambos lados de una yegua que montaba con los dos pies para el mismo lado. La gente daba un diario de 10 centavos por galón. Además, vendía corazones, guanábanas, todo lo que cultivaba en su finca.

Ya estaba podrido esto aquí —dijo papá, alzando la voz—. Tuvo que dejar de vender leche. Hasta ese momento todos los campesinos tenían vacas, hasta el más pobre. Pero ya para qué, si ya la leche no la vendían. Muñoz Marín fue el culpable de acabar con las vacas. Al no haber vacas, no había novillos y se acabó la carne y al no haber carne, tuvieron que traerla de Latinoamérica. Si yo tenía cuatro vacas, eran cuatro becerros que me nacían. Siempre había carne y todo se vendía. Esa es la historia de estar comprando carne de afuera.

2:30 p.m.

Un alboroto de sirenas nos interrumpió. Por ahí venía el alcalde, con su comitiva de primeros auxilios, montado en un Jeep sin puertas. Le seguían dos guaguas escolares pequeñas, de las pisicorre, y varias patrullas de la policía. Un ejército de voluntarios marchaba por las aceras repartiendo agua embotellada. Entregaban panfletos con números de emergencia y una lista de refugios cercanos. Era la tercera ronda que daban tratando de sacar a los que vivían al margen del río.

—Vecinos de la comunidad —alertaba el alcalde en altavoz—, si su casa es de madera o vive al lado del río, tiene que desalojar ahora mismo. Les hablo a los de aquí —insistía, apuntando hacia una hilera de casas en Chichamba.

Pedro Rejas, el herrero del barrio, abrió la puerta con desconfianza.

—Señor, venga con nosotros.

—Para qué, si aquí yo tengo planta eléctrica, agua, comida, gasolina y cerveza fría. Vayan a llevarse a otro pendejo.

Lo dejaron, le advirtieron que volverían y que, si su vida corría peligro, tendría que irse con ellos. Nunca volvieron. Tampoco los necesitó. Cuatro casas más abajo vivía el cartero. Que no era cartero, pero hacía mandados. Viudo y sin hijos, coleccionaba recuerdos de su otra vida. Tenía la marquesina llena de ropa, muebles, maquillajes, pelucas y zapatos de la difunta.

Mientras tanto en casa, papá continuaba sentado frente al balcón. Mirando por las ventanas al cielo cambiar de piel. Mamá estaba en el comedor con tío, desgranando una montaña de habichuelas blancas que habían traído del campo.

—La casa de mamita era bien pobre, se parecía a esa de ahí —recordó papá, apuntando a la calle—. Hecha con madera remendada. Los únicos muebles que había eran dos sillas de madera y paja que se usaban en el comedor, la sala y los cuartos. La casa quedaba metida en la maleza. Para llegar tenías que cruzar el río. Me acuerdo de que ahí vivía con nosotros un primo que era esloquillao, Papo. Montaba a los nenes más pequeños en los hombros, a caballo, y los amenazaba: «Si lloras te come el cuco, si no lloras, también». Una vez se hizo el ahorcado en una casita que mamita tenía en el patio para tender ropa. Ella le pasó por el lado y como lo conocía, no le hizo caso. Después entró y le dijo: «¿Tú no viste como a un ahorcao por ahí?». Y era medio perverso, les decía a las nenas cuando estaban comiendo chinas: «Dame el gajito de la Virgen para ponerlo en el techo de la casa, que la Virgen viene y se lo come». Después iba él y se lo comía. Se fue para Nueva York y nunca volvió. No volvió ni a ver a mamita, la abuela de nosotros, que lo crio, porque él perdió la mamá siendo bien joven. Una vez mandó una carta diciendo que venía para Puerto Rico, para Yauco, en el mil novecientos nunca.

4:00 p.m.

Me fui con ellos a desgranar habichuelas. Elena se quedó con papá en la sala, le dan asco los gusanitos que salen de las vainas. Mamá nos contó la historia de cuando papá Franco se fue para Estados Unidos.

—Nos llevó a casa de tía Jobina, que había quedado viuda. Nos dejó allá. No quiero ni acordarme de lo que pasó mi santa madre con ese revolú de familia ahí. Dios mío, yo no sé, con todos esos muchachos juntos ahí. Éramos once; las cinco hermanas, Lito, mami y otros primos que ella criaba y vivían ahí.

Me contó que esa noche, antes de irse, el viejo cargó a todas las hijas al hombro, les dio besos y las abrazó. Eso ellas no lo olvidan porque él nunca las cargaba ni las abrazaba.

Al poco tiempo, apareció Arcacio Bárcenas, jefe de sanidad del pueblo y se enamoró de tía Jobina. Él quería la finca para sembrarla de caña e hizo que la tía los botara. De ahí se mudaron para casa de mamita, la mamá de mamá Sarín. Todos recuerdan sus atenciones. Los atendía bien. Tenía una casa bastante grande. Ocuparon un colgadizo en la parte de atrás.

Para ese tiempo, mamá Sarín trabajaba en una fábrica de pañuelos que había en el pueblo. En el taller les hacían flequillos en máquina y ella cortaba los hilos sobrantes en su casa. Los recogía por docenas, les cosía los bordes o les ponía adornos. También tejía guantes y carteras. Con eso completó trescientos dólares. Se compró un cantito de terreno con una casucha en el barrio Quebradas y se fueron a vivir allí. Quedaba más abajo de la de su mamá, era un terreno metido campo adentro. Había que cruzar la quebrada para llegar. Lo hizo sin encomendarse a nadie, ni decirle al esposo, que les mandaba dinero y ella no gastaba ni un centavo.

Pero Franco no estuvo de acuerdo. Se molestó porque no se le consultó. Escribía cartas reclamando. Al final se le quitó el enojo sabiendo las amarguras que pasaba su esposa sola. Con lo poquito que Sarín tenía, les daba a sus hijos lo que necesitaban, aunque a veces faltaba la comida. Las hijas la ayudaban en los talleres de costura y con lo que se ganaban se compraban ropa. En una ocasión, Gloria se compró un traje. Las hermanas lo celebraron tanto como ella y terminó siendo de todas.

Había que cruzar el río para llegar a la casita y al poco tiempo de mudarse, hubo una vaguada. Estuvo lloviendo más de una semana. Caminando por la orilla del río para que la corriente no se la llevara, a Azucena se le fue un zapato. Llegó llorando a la casa y suplicando que le compraran unos nuevos. Como las hermanas calzaban tamaños similares, ella nunca estrenaba, compraban nuevos para las mayores y cuando se les quedaban, se los daban a las menores. El viejo se enteró por carta y al cabo de varias semanas, la nena tuvo zapatos nuevos.

Luego, por la falta de recursos, Sarín tuvo que mandar a las tres hijas mayores a vivir con el tío en la Trocha. Se quedó sola con los más pequeños. Pero no mandaba ni un centavo. Allá las mantenían. Después Franco decidió regresar de los Estados Unidos y un poco después se mudaron al pueblo todos juntos.

La escuela en Quebradas quedaba cerca de la casa, no tenían que caminar las rutas largas de antes. Tomaban clases con míster Flores, un maestro que había estado en el ejército y daba clases al estilo militar. Para salir del salón, los formaba como soldados y los ponía a cantar una marcha cadenciosa que decía:

Marchemos en la fila

como hacen los soldados

erguida la cabeza

las manos a los lados

1, 2, 1, 2, 3 y 4.

Se enfrió el chispito de café al fondo de la taza. Le salió la aureola aceitosa que emerge en los líquidos cuando llevan mucho rato en un vaso, después de haber sido parcialmente consumidos.

6:00 p.m.

Tío se fue para la tienda a revisar las tormenteras. Una retahíla de jeeps y *four tracks* venía bajando la cuesta de la Vega a toda velocidad. Uno de los jeeps perdió el control y golpeó un poste de teléfono contiguo a la casa, dejándolo, guindando de los cables y a punto de soltarse. El conductor se fue a la fuga. Tío se apresuró, se resbaló y se cayó. Tirado en la escalera, se protegió la cabeza envolviéndola entre sus brazos, mientras el poste se desplomaba sobre él.

Hasta arriba se escucharon las chilladas de goma y el ruido seco del poste al caer sobre el cemento. Mamá de inmediato se persignó y trató de salir a ver qué pasaba. La detuve en la puerta y le pedí que se quedara tranquila, que yo iba a ver. Elena se quedó calmándola.

Bajé y ahí estaba tío, en el piso. Arropado por pedazos de madera y cables del tendido telefónico.

Tenía la cara y la camisa empapadas en sangre. El poste cayó encima de la pared que dividía la casa y la acera.

—Ahí van —susurró mamá—. Parece que todo está bien —suspiró, cabizbaja, tapándose la cara con las manos.

Llevé a tío hasta el baño de la tienda. Lo limpié, lo vendé y le di unas pastillas de ibuprofeno.

—Estoy viejo para estos bretes —me dijo en voz baja—. Voy a salir del negocio, vender la llave, llevo tiempo pensándolo. A tu mamá no le va a gustar, ella quiere que sigas en Chicago cerca de ella, pero que importa, un día de estos tendrás tu propia familia. Este negocio, como a nosotros, te puede ayudar a levantar capital. ¿Qué tú crees? —me dijo, mirándome de soslayo, con los párpados a medio ojo.

Distraído en mis pensamientos, le dije que hablábamos luego y subimos. Mamá se quejaba del poste.

—Mira, yo he llamado a todo el mundo para reportar ese poste y nadie me hace caso. Energía eléctrica me dijo que era de Claro. Los llamo, pongo una querella, me dan un número de orden y nadie viene. Llamo al municipio y me dicen, que como es de Claro, ellos no pueden hacer nada. Vuelvo y llamo a Claro y me dicen que ya tienen un *working order*... hace meses que está el chavao *order* ese. Hasta la policía sabe, yo los llamé y nada. Ahora se cae y mira, casi me mata a Carlos. Este gobierno no sirve.

8:42 p.m.

Ya calmada y aún sin sueño, mamá le dio la vuelta a papá en el cuarto y lo encontró tirado en la cama, ansioso y sobre una plasta hedionda de sudor.

—Mijo ven acá, por qué tú no prendes el abanico. Siempre con afrentamientos. Sal de la cama, la voy a cambiar. Vete a la sala un rato.

Me fui a ayudarla, le llevé unas sábanas y al terminar, nos sentamos a conversar.

—Te voy a contar de cuando nos fuimos para el pueblo. Papi había estado como un año en Nueva York, buscando hacer un dinerito para montar un negocio acá. Regresó en el 1948 y decidió vender la casita que mami había comprado en Quebradas. Rápido compró la casa de la Santa Rosa. Cuando nos mudamos, recuerdo que mami dijo: «Nos vamos por la noche, para que la gente no vea lo que tenemos». Las camas viejas, los colchones viejos, todo lo que había era viejo. Nos treparon en un camión de caña con la mudanza y así llegamos. Llevábamos a Bobby con nosotros, un perro grande, amarillo, era cariñoso y nos cuidaba. Sobre todo, a Lito, era loco con Lito. Cuando llegamos a aquella casa en el pueblo, para nosotros eso era un palacio. Éramos seis muchachos cuando llegamos allí, ya Valeria y yo estábamos grandecitas.

Elena la escuchó y se unió a la conversación.

—Llegaron al anochecer, pero imagino que no les funcionó el secreto porque no contaban con que en el pueblo había luz, ¿o sí?

—No me quiero ni acordar. Salieron a recibirnos unas vecinas que vivían más arriba. Bien parás, bien presentás. A decir cosas: «Mira, llegaron las del campo», «ustedes son piojosas» y qué sé yo. Azucena, como era bien picúa, bien agallúa, les respondió: «Mira, te voy a decir una cosa, las que son piojosas son ustedes, mira tú, mira ese piojo que te viene saliendo por ahí, bajándote por aquí, tú sí eres piojosa, vete a bañar». Eso las avergonzó y se fueron. Eran noveleras, venían a ver lo que habíamos traído.

Pero había algunas cosas buenas, muebles de esos de antes, de pajilla y de madera de palma. También había un chifforober, eso era lo que se usaba. No había nevera, eso sí.

—Yo también tenía piojos —añadió papá—. Estaba cundío. Me pasaban un peine, que los dientes eran bien pegaos, pa tumbar las liendres. Había mucho piojo en aquella época.

Me fui a buscar el radio de baterías en el cuarto de papá y me senté un rato a escuchar la radio. Todos hablaban de lo mismo, reportes del temporal y los planes de seguridad que debía tener la gente en caso de emergencias. Me estresé y regresé a la sala. Elena quería saber más sobre tío Lito y mamá le contaba.

—Tú sabes que nosotros somos seis. Yo que soy la mayor, después Valeria, Gloria, Nereida, Azucena y Lito. Antes era así. La gente tenía muchos hijos, pero no sabían qué hacer con ellos. Una vez crecían, ayudaban en la casa y en las fincas, pero mientras tanto se pasaba hambre y necesidad. A Lito le gustaba jugar trompo de poste a poste con sus vecinos. Detrás de su casa, patio con patio, vivía un muchacho que le enseñó a ponerle una púa en la punta al trompo. La idea del juego era darle duro por arriba al trompo del oponente y partirlo por la mitad. Un día se puso a jugar con un grupo de cuatro o cinco y le jendió el trompo a uno de los muchachos. Y él, enfadado, como vivía frente de donde estaban jugando, buscó un tubo con un palo por dentro y le dio un cantazo que lo achocó. Estuvo como un minuto en el piso. Lo tuvieron que llevar al hospital. También le gustaba correr patines. Lito hacía caravanas y trenes de diez o quince muchachos hasta la plaza de recreo. Le encantaba hacer mandados. Rompió dos o tres termos tirándose por las escaleras de la plaza con las fiambreras en la mano. Cuando eso pasaba, tenía que virar para la casa y allá le daban con el termo por la cabeza. A los 12 años empezó a trabajar en el negocio de la plaza con Franco. Su primer trabajo era lavar las botellas que la gente tiraba en el patio para reciclaje. Cuando llovía se ensuciaban, las lavaba con una manga y las almacenaba antes de que viniera el camión a buscarlas. Para aquel tiempo los refrescos que vendían en el negocio eran Old Colony, Orange Crush, Uva Pal, Chinita Pal y Piña. La escuela nunca fue su lugar preferido. A principios de sexto grado, la principal de la Parroquial, una monja estricta, salió para que alguien le hiciera un encargo y lo llamó. Se le olvidó cual era el mandado, si era sandwich *spread* o mayonesa, la cuestión es que le llevó el que no era. Por equivocarse, la principal lo metió para la oficina y le dio cuatro correazos con una correa de cuero gorda, que se amarraba en la cintura. Fue tanta su impresión, que convenció a mamá para que lo sacaran de la Parroquial y lo pusieran en la Muñoz Rivera. Por esa misma razón, Gloria pidió salir de la Parroquial, pero tuvo mala suerte. Estaba en quinto grado y la pusieron en un grupo de reprobados. Allí había un muchacho de 18 años, manganzón, que siempre estaba encima de ella enamorándola. No podía ni ir al recreo, se quedaba en el baño o en el salón, le tenía miedo. Hasta que conoció a Celia, una muchacha del pueblo, lista y con malicia. Iban juntas a todos lados y Celia andaba con un palo largo para defenderse de los manganzones que se les acercaban.

10:00 p.m.

La radio seguía encendida y la mejor señal era la de Radio Antillas. La víspera del temporal era de todo, menos silenciosa. Se escuchaba el chillido de una colonia de murciélagos, resguardados en el negocio abandonado de la esquina. Repentinamente escuchamos el trotar de caballos, venían subiendo la cuesta desde Chichamba. Cabizbajos y jadeantes, movían sus cabezas al ritmo de su andar.

Mamá se acordó de la yegua Niña, con la que Franco cabalgaba el pueblo y el campo recortando. Aprovechó para contarnos de las ocurrencias empresariales del viejo.

—Papi iba hasta el Alto, un barrio por allá arriba, me acuerdo como ahora. Siempre le gustó el negocio. Por un recorte creo que le daban diez chavos o una peseta, si acaso aparecía la peseta. Estamos hablando de más de cien años atrás. Imagínate, él murió de casi noventa hace ya más de

78

treinta años. No había dinero. Diez chavos, diría yo que valía el recorte, si acaso.

Vendía galletas de manteca que compraba en la panadería y también vendía dulces, lo tenía todo en unos barriles inmensos que ponía a cada lado de la yegua. Pilones de frutas y todas esas cosas vendía. Tenía suerte para los negocios. La vida de Franco era trabajar. Salía por la mañana y llegaba por la noche. Primero tuvo un ventorrillo en una esquina frente a la plaza del mercado. Vendía ron, tabaco hilado para mascaduras y para hacer cigarros, cervezas y refrescos. Había muchos negocios pequeños y estaban todos juntos, puerta con puerta en el mismo edificio. Al lado estaba don Lile el zapatero y después había una tienda de ropa militar usada, le decían La Trapera, don Pepe y la Trapera. También había una lechonera. Ese era el corazón del pueblo. Para aquellos tiempos no había supermercados. Todo se compraba en la plaza. Los colmados no vendían carnes, ni vegetales, ni frutas. Lo que vendían era arroz, habichuelas y potería. Cerraba el negocio de la plaza a las seis o siete de la noche, se iba a pie para la casa y llegaba después de las diez. En ocasiones se quedaba en el negocio y dormía en una hamaca. Usaba el baño de la plaza, allá se lavaba la boca y hacía sus necesidades.

Al cabo de un tiempo, cerró el negocio de la plaza y alquiló el colmado en el Tendal. Lo surtió para poder competir y compró una nevera, vendía pollo congelado y jamón. Por ahí mismo, en la Santa Rosa, estaba don Pepe. Más abajo estaba don Clemente, ellos vendían arroz, habichuelas y bacalao. A veces tenían patitas y orejas de puerco marinadas en sal. Comida para preparar. También estaban los verduleros, que pasaban por las casas vendiendo verduras, pero esos eran pocos. Había cinco negocios en el barrio y la gente hacía sus compras en los colmados. Todo el mundo vivía de eso. Los del campo venían al barrio y amarraban las bestias en los pastizales vecinos. Lo que ahora son casas, era yerba que llegaba hasta el hombro. Hacían la compra y montaban los paquetes en las yeguas. Las cargaban hasta donde fueran.

Después, Franco alquiló el edificio frente a donde tenía el colmado y pasó la tienda para allá. Había sido un *laundromat*. Pero se cayó. A la gente de antes le gustaba lavar a mano en la casa o ir al río, no lo patrocinaron. En ese nuevo local, la tienda se convirtió en el correo de la gente del campo y del barrio, ahí recibían las cartas, los cheques del seguro social y de una vez los gastaban. Pagaba medio peso o tres pesetas a los muchachos que lo ayudaban en la tienda los sábados. El viejo sabía de negocios, nunca usó una calculadora. Para sumar el total de las compras de sus clientes, escribía los números en forma de lista en una libreta y con el dedo iba sumando un número tras el otro, sin pausa y diciendo las sumas en voz alta. Con ese negocito compró la casa donde murió de viejo.

Era chistoso, la gente se llevaba con él. Hacía chistes y se los gozaba él mismo. Era poeta, le gustaba improvisar y cantar aguinaldos en verso en las promesas.

Después de cerrar el negocio por las noches, se iba a jugar dóminos y a darse el palo con unos amigos que también salían tarde de sus trabajos. Se iban al cafetín de Don Juan que estaba al lado de la tienda. Vendía ron, cervezas, refrescos y tenía una vellonera.

Uno de los amigos, era un corso, residente de Yauco desde hacía muchos años. Hablaba español medio enredado, de apellido Cervoni. Se metía en casa de don Juan a escuchar música cuando estaba bien ajumao.

Lito iba con él, y como se sabía todos los discos de la vellonera, Cervoni lo llamaba y le daba una peseta para que le marcara las canciones de Felipe Rodríguez. Le daba cinco centavos de propina. Una vez salía la primera canción, Cervoni se arrinconaba sobre la vellonera y decía: «Eso es un macho».

11:30 p.m.

—Elena, ven acá. Aguanta la vela, yo le pego fuego por debajo y cuando choreen las gotitas de cera por encima del plato, en el centro, asegúrate que caigan todas en el mismo lugar, las pones para que se pegue.

Hicieron una vela para cada cuarto. Elena las llevó, dejando una caja de fósforos junto a cada una. Habían comenzado los apagones y la luz pronto se iría. También nos aseguramos de dejar las linternas y otras cosas de primera necesidad en la mesa del comedor.

Poniendo las velas de cuarto en cuarto, Elena encontró una caneca con chichaito en el gavetero de papá. Se la llevó para nuestro cuarto, nos dimos un trago y la regresó.

Mamá seguía en la cocina, acomodando las latas de comida que compramos para pasar el temporal. Papá no se había movido de su silla en la sala, desde donde contemplaba el barrio y el cielo en silencio. Me fui a sentar con él un rato y llegó mamá, con ganas de seguir contando.

—El único día en que papi compartía con la familia era los domingos. En aquellos tiempos, él fletaba un carro, era como si fuera un taxi. Te buscaba en tu casa, te llevaba y te esperaba las horas que fuera necesario. Me acuerdo de que una vez fuimos a Ponce a visitar a un tío. También fuimos a Sierra Alta a visitar familia. Pero eso no era a menudo.

Me contó que, un verano Franco fletó un carro para ir a San Juan con su amigo Lile. Se llevaron a Lito para que viera la isla por primera vez. El nene estaba tan emocionado que se puso los zapatos blancos y la chalina azul que usaba los viernes de gala en la Parroquial.

Llegó hasta Ponce. El camino era curvo y se vomitó toda la ropa. El viejo, como conocía a los choferes de carro público, lo montó en una línea y le dijo al chofer: «Llévame ese nene a casa».

Parpadearon las luces de la sala, se apagó la calle y con ella la conversación. Se fue la luz. Elena salió del cuarto azorada, con un libro en la mano y rascándose una nalga. Yo me fui a buscar la caneca y me di otro palo de chichaito.

Día 6

1:39 p.m.

Decidí volver al campo a buscar a Puchunga. Me fui solo en la Ranger. Llegué a la casa y la perra no estaba por todo aquello. Así que agarré un machete y di una vuelta por las terrazas de los predios de cultivo a ver si la veía. Se sentía un viento suave pero constante. Las hojas plateadas de los yagrumos anunciaban tormenta y de la altura bajaba un golpe sonoro por la quebrada. Anduve la guardarraya por donde mugen las vacas de Castro y allá estaba Puchunga. Me vio y vino sin llamarla.

Bajamos a la casa y me senté en la terraza. En lo único que podía pensar era en la propuesta de tío. Miraba los alrededores con la ciega clarividencia de quien cree saber lo que quiere. Imaginando los montes desbarrancados.

Parte 2

Temporal

Día 7

3:11 a.m.

Una ráfaga huracanada estremeció la ventana del cuarto de papá. El calor y el encerramiento le causaban claustrofobia. Se negaba a abrir los ojos y las gotas de sudor le bajaban por la rabadilla hasta los muslos, que emplegostados de sudor, se sancochaban bajo las sábanas.

Trató de enderezarse para estirar la pierna y soltar un calambre que le paralizaba una pantorrilla. Una pesada carga de soplos y alientos en el pecho no lo dejaban incorporarse.

Soñaba con la loma donde vivía de niño y vio a su hermano William, llegando del trabajo al atardecer.

Un perro bravo ladró. Miró a todos lados y ya William no estaba. De súbito, apareció sentado en la orilla de la carretera. Franco llegaba a su casa a las diez y media de la noche, venía del quiosco de la Plaza.

Volvió a ver a William, montando cuatro drones de metal pequeños detrás del Jeep. Lito estaba con él, vino a ayudarlo y a darse una trilla.

Ladró el perro otra vez, feroz. Volvió a ver a Franco, sacaba un bollo de pan del bolsillo. Le dio una mordida, pellizcó un pedazo, se lo tiró al perro. Lanzó el resto y papá lo agarró, le dio un mordisco y en sueños, volvió a la loma.

William buscaba un dron de agua en el Jeep para uno de los vecinos. Lito siguió hasta la próxima casa e hizo lo mismo. Le gritó al pasarle por el lado, pero Lito no lo escuchó, William lo vio y de repente, se encontraron los tres en el Jeep.

Dócil, gruñió el perro. Reapareció junto a Franco y lo acompañó hasta la casa. No era a Franco a quien le gruñía.

Volvió la ráfaga y lo transportó a una tala de gandules. Ahí estaba yo, haciendo los hoyos mientras él tiraba las semillas. «Mírame, mírame, soy una pantera», me decía, quitándome la azada y levantándola hasta el cielo para luego dejarla caer de golpe, haciendo un hoyo de una.

Nos sentamos a merendar bajo un árbol de guamá. Saqué un sándwich de queso y mortadella de una bolsa de pan y abrí el termo con chocolate caliente, me di un sorbo en la tapa y le pasé otro a papá. En eso llegó William con Lito, sacando un pedazo de queso de bola de un bulto. Lito pateó una piedra jalda abajo y apareció el perro Bobby con ella en la boca. Tras él, llegó Franco cantando una décima que decía así.

La luz del tiempo florece
cuando un trueno y su rugido
deja al viejo malherido
sintiendo que desfallece,
de su alma se compadece
la virgen de los errantes
y los nunca comulgantes
el cuerpo del viejo expira
y una última vez suspira
como en los tiempos de enantes.

A las cinco menos cinco
se oye cantar el zorzal
dando vida en su versal
levanta al viejo de un brinco,
macheteando con ahínco
los aromas rebosantes
en caminos ondulantes
campo adentro con la azada
por la joya perfumada
como en los tiempos de enantes.

Con la mirada profunda
puesta sobre los mameyes
mueve su espíritu en bueyes
hacia donde el agua abunda,
la quebrada vagabunda
vela sus aires errantes
ocultos en los semblantes
malheridos por la espina
y el veneno que alucina
como en los tiempos de enantes.

La sombra del cafetal
en sí su aroma guarece
todo allí mejor parece
y el zorzal vuelve a cantal,
las doce y media puntual
sobre las siembras fragantes
mueve sus alas vibrantes
cual abejorro afanoso
llegando sediento al pozo
como en los tiempos de enantes.

6:05 a.m.

El temporal llegó durante la noche. En la isla nadie durmió. Una llama húmeda y constante, de vientos y lluvia, consumía todo a su paso.

Salí a la sala y me encontré con tío, me dijo que no había dormido, asustado por el chillido del viento que se metía entre las lamas de las persianas. Llevaba un rato secando el agua del piso que se metía por las puertas del balcón. En una esquina de la sala, amontonamos clavos, par de virotes, alfajías de todos tamaños, pedazos de madera, un serrucho y dos martillos. Pusimos los mapos junto a las herramientas y guardamos el agua.

Elena se fue a bregar con papá y yo me puse a inspeccionar la casa. Una peste nauseabunda me llevó hasta la cocina. Pasé por el comedor y traté de meterme, pero había un charco que se extendía desde la ventana hasta debajo de la nevera. Tapándome la nariz con el cuello de la camisa, llamé a tío, a ver si él se había percatado y sabía de dónde venía la peste.

—Manito, pero que exagerado eres —me dijo, entrando a la cocina con la nariz tapada.

—¿Y por qué te tapas si no apesta?

—No había venido para acá, no me había dado cuenta —respondió, reconociendo que el hedor era insoportable mientras se abanicaba la cara con las manos.

La peste ácida me causó náuseas. Traté de respirar por la boca, pero el aire sabía a leche podrida.

Mamá se había ido a cuidar a mama Sarín por la noche, así que, escapando de la peste, Elena y tío se fueron a revisar su cuarto. El viento arrancó una lama de una persiana, ocasionando que se abriera de par en par. Ni la cama, ni el gavetero, ni la Virgen del Pozo en la mesa de la esquina se salvaron. Tío cerró la ventana como pudo. Elena buscó clavos, dos alfajías y el martillo. Pusieron una cortina de baño tapando la ventana y clavaron las alfajías de lado a lado.

Papá llegó al comedor arrastrando las chanclas, azorado por el ruido del martilleo. Tratando de recordar los detalles del sueño. Le dio la peste y empezó la cantaleta.

—Le dije a Rosa que subiéramos las gallinas, pero es que a uno no le hacen caso en esta casa. A ti también te lo dije.

—Estece quieto, por favor —le dijo Elena, gesticulando con el martillo en la mano—. Puede que sea la nevera o un ratón muerto por ahí. Además, si fueran las gallinas, no apestarían, lo que llevarían de muertas sería un par de horas.

Me fui a chequear las gallinas en lo que Elena hacía café y algo de desayuno. Tío movió la estufa y el pipote de gas a la sala. Papá se sentó en su silla favorita cerca del balcón, lejos de la peste.

Las gallinas estaban en los bajos. Para llegar, había que salir a la terraza por el cuarto de papá en la parte de atrás y bajar por una escalera de madera remendada. La lluvia me caía encima a chorros y el viento amenazaba con tirarme de la escalera. Entré y efectivamente, ahí estaban las cuatro gallinas, enchumbadas y anidadas en una esquina. Las metí en un saco y las puse en la marquesina con Puchunga. Me dio más trabajo subir que bajar.

Desayunamos bajo el murmullo de vientos que entraba por los bordes de las puertas y las ventanas. El estruendo de un portón de acero y zinc que recorría la calle dando tumbos nos hizo saltar del susto. Nos asomamos por las ventanas y lo seguimos con la mirada hasta que se detuvo en la verja de la casa de don Alejandro.

La lluvia no iba a parar en todo el día y ya no saldríamos más. Tío nos contó de San Felipe. Nos dijo que fue uno de los temporales más fuertes que han pasado por Puerto Rico. La gente no estaba preparada, no había noticias, ni televisión y apenas había radios.

A mamá Sarín y a los siete muchachos que vivían en la casa cuando ella era nena, los metieron en un cuarto y allí pasaron el temporal. Para esa época, la gente construía unas tormenteras bajitas en dos aguas y ahí se guarecían. Las hacían de zinc, madera y yaguas. Pero no eran seguras y la mayoría del tiempo la gente fallecía golpeada por las mismas tormenteras.

A ellos no les pasó nada porque su casa la habían construido con madera de corozo. Tumbaban las palmas en menguante para que no les diera polilla. Con un serrucho sacaban las tablas, las limpiaban, las cepillaban y las ponían a secar. Con eso construían y quedaba macizo.

El piso era también de madera de palma. Para aquel tiempo no se conseguía madera en el campo y según él, no había ferreterías para comprar lo que uno quisiera. Era todo a mano. Las ventanas eran un roto en la pared con dos pedazos de tabla que abrían de par en par y cerraban con una tranca por dentro.

—A eso vamos otra vez, mira que te lo digo. No lo quiero ni ver —añadió papá.

Como tenía quien lo escuchara, papá quiso seguir haciendo historias de los tiempos de antes.

—Les voy a contar de cuando me embarqué para Nueva York junto a mi primo Papo cuando teníamos 18 años, en el 1950. Me acuerdo cuando nos montamos en el avión. Papo gritó: «Adiós, Puerto Rico», oye y nunca vino. Murió allá y lo enterraron allá. Mamita se murió, se murió papita y nunca vino. ¿Pero sabes por qué me fui? —preguntó como para sí, sin dirigirse a nadie.

—No, cuéntame, eso debe haber sido una locura —le dije, animándolo a sincerarse.

—En mi juventud yo vivía con los viejos y trabajaba para mí en la finca de Duey. Sembraba gandules, talas de habichuela blanca del país, calabaza, maíz, pimientos y yuca. Pero no me daba para vivir. Así que un día le dije a Manuela, una señora que vivía en Caimito, que nunca se había

103

casado y le gustaba hacer sorullos: «Manuela, me voy de Puerto Rico, me voy para Estados Unidos, aquí no hay ambiente». Y me dijo: «Ajá pues, si te vas a ir, pues vete». Y me fui, me fui para casa de tití, allá llegué. Mi hermano William me mandó a buscar. Pero, como que no me gustó y regresé a Puerto Rico. Lo hice mal, porque debí haberme quedado allá, tenía trabajo en la agricultura. Me vine a la isla y aquí me quedé trabajando en la finca. Pero no me daba na.

—¿Y cuándo regresaste a los Estados Unidos?

—Volví en el 1953. Esa vez fui directo a donde estaba mi hermano en Nueva York. De ahí nos fuimos en la Greyhound a trabajar en los campos de Nueva Jersey. Me acuerdo de que, al par de días, fuimos a comer a un restaurante en Hoboken. Pero no nos quisieron atender. Yo te digo, la gente de allá no te trataba bien si no hablabas inglés y eras moreno. Fue un gran riesgo irme para allá, muchacho, tú no sabes. Mi capital era veinte pesos y la ropa que tenía puesta.

Los hermanos pertenecían a ese gran grupo de emigrantes puertorriqueños que se fueron en masa a los Estados Unidos después de la segunda guerra mundial. Aunque el interés por los Estados Unidos ya había aumentado desde la invasión del 1898, lo que realmente les facilitaba la decisión a los puertorriqueños, fue tener la ciudadanía desde el 1917. Por tener la ciudadanía, no se consideraban inmigrantes, era casi una mudanza de un estado a otro. Pero su cultura, idioma y tradiciones eran totalmente distintas a las de los estados, convirtiéndolos en inmigrantes para todos los efectos prácticos. Los viajes aéreos empezaron a regularse para la época y era más fácil viajar desde el Caribe. A diferencia del primer embarco de boricuas a Hawái en el 1900, que era un viaje tedioso en barco desde Guánica a Luisiana y de allí a California en tren, donde cogían otro barco para llegar a Hawái.

Papá y William habían llegado al área norte del estado, al condado de Hudson. Para un joven de dieciocho años, no era difícil conseguir trabajo.

Había muchas fincas y fábricas de dónde escoger. Además, a diferencia de sus colegas hispanos, no tenían que preocuparse por las visas de trabajo. Lo que le preocupaba era el dinero. Su familia en la isla le había prestado unos dólares para el viaje y tenía que conseguirlos para pagarles.

—Oye papá, y ¿cómo trabajaban los americanos? Cuéntame.

—Pues, cuando llegué en abril, ya tenían lechuga, que se puede sembrar con el fresco. Ya tenían el pimiento y el repollo sembrado… oye, desde hacía dos o tres semanas, la gente allá siembra con el frío. Eran dos hermanos, los Bruno Bros y su viejita. Cortando lechuga, muchacho… al mediodía llegaba el camión y lo llenábamos hasta la Patagonia de lechuga, una caja tras otra. Si no acabábamos ese día, volvíamos al otro. Después lo llevaban yo no sé a dónde a venderlas. Y se acababa la lechuga y llegaba el repollo. Así que ahí no paraba, se acababa un *field* y te daban otro. Repollo por montones, estaba la guagua hasta la pata de cajas de repollo para vender allá qué sé yo dónde.

—¿Y cuánto tiempo estuviste trabajando con ellos?

—Ahí estuve como tres meses, no me gustó mucho. Había que trabajar bajo el sol caliente. Cogí la guagua de…

—Cuéntale de Chicago —le dijo tío.

—No, no, no… siga contándonos de Nueva Jersey, después hablamos de Chicago —le pidió Elena.

—Pues mira, lo más grande es que cuando llegué a esa finca, encontré una bicicleta vieja que habían dejado botá unos puertorriqueños antes de mí. Y aprendí a montar bici, fíjate… jaaaa, en una bicicleta vieja, me caía, me paraba, me caía, me paraba… y aprendí. Por la tarde me iba por ahí para bajo. Dando vueltas por el campo. Había una charca que ellos usaban para regar las matas al lado de arriba. Y yo cogía y me zumbaba a bañarme. Una charca honda, oye, honda, y azulita. Lo que es ser muchacho joven, yo me tiraba esnú a bañarme ahí. Después volvía a la casita donde vivíamos, así enchumbao. Éramos seis, todos de Yauco. Nosotros cocinábamos y dormíamos ahí, en camitas *twin* una encima de la otra, imagínate, pero al menos teníamos televisión. Aquello no tenía cuartos. Era como un veinte por veinte, sin divisiones. Ahí cocinábamos, nos bañábamos, tenía de todo. Y todos los viernes nos llevaban al pueblo a hacer compra. A la ciudad de New Jersey. Nos dejaban un par de horas para que compráramos ropa si queríamos y anduviéramos por el pueblo, qué sé yo… después venían a buscarnos. Había que ver cómo la gente de los supermercados, al vernos, estibaban las góndolas de arroz con habichuelas. ¡Nos tiraban arroz a patá!

—No puedo creer que los seis eran de Yauco —comentó Elena.

—Todos de Yauco, de Duey y Sierra Alta. Uno era de los Castro, que ya se murió. Camacho, el pinto que se murió también. Osvaldo de Quebradas. Y mi hermano, William. No me acuerdo de más ninguno, fíjate, éramos seis, se me olvida uno. Todas las mañanas trabajábamos juntos en el *field*, aterrando las matas. Pero Osvaldo el de Quebradas, tenía la costumbre de que cuando pegaba a trabajar por la mañana, arrancaba y oye, se iba alante, nos dejaba botaos. Fíjate, qué mal compañero. Él iba alante y nosotros atrás. Y a nosotros eso no nos gustaba. Pero un día, nos mandaron a él y a mí solos a aterrar las berenjenas. Y yo dije, aquí le voy a demostrar que yo soy más rápido y más ligero. Y arranqué yo alante y lo boté, lo dejé botao, todo el tiempo. ¡Qué campeón! ¿Te das cuenta? Yo era una pantera, en mis tiempos yo era rápido, ligero y fuerte.

—¿Y había maquinaria en esa finca?

—Sí, claro. A diferencia de cuando trabajaba en Duey, que lo que tenía era unos bueyes para arar la tala. Se llamaban Del Monte y Del Valle. Araba por la tarde, daba el primer corte revolcando y después el segundo desbaratando los terrones. Y cuando llovía, sembraba. Yo surcando alante y atrás el viejo

109

sembraba. Un surco para la habichuela, uno para el maíz y otro para los gandules.

—¿Y qué hiciste cuando acabó la temporada?

—Cuando el trabajo se acababa, muchos se iban para la ciudad a trabajar en las factorías y otros regresaban a Puerto Rico. Yo me fui para Cleveland.

12:00 p.m.

Entró el ojo. Luego de una breve calma, el temporal se precipitaba como un maremoto cerro abajo. Las ráfagas en reversa rugían y destrozaban todo a su paso como embestida de toro cebú y papá gritó: «Weisooooo».

La lluvia se metía por las ventanas y por los bordes de las puertas. Los chorros llegaban hasta el medio de la sala. Papá, sin levantarse, dio un salto y movió su silla para el lado. Fui al baño, busqué el mapo y el cubo. Elena trajo toallas y camisas viejas para ponerlas en la parte de abajo de las puertas y cerrarlas a presión. Secamos todo y dejamos el mapo en la esquina. Guardamos el agua para bajar el inodoro.

Fui a la marquesina a ver cómo estaban los animales. Les tiré un poco de maíz picao a las gallinas y encontré a Puchunga debajo de la guagua, temblorosa y al parecer acostada sobre un charco de agua. Le ofrecí una galleta y salió, estaba seca, pero temblando de miedo.

Como la terraza tenía techo y no se metía tanta agua, traté de sacarla para que echara una cagada. El viento se metía como un remolino cargado de agua y no nos dejaba progresar. Prendí el teléfono y grabé una palmera gigante, enmarcada por dos columnas de una casa que ya no estaba. Más abajo en la misma calle, un inodoro sobre el techo de un segundo piso ostentaba la fuerza de su porcelana. Los vientos habían arrancado la casa por completo. Un río de fango y basura continuaba bajando desde el Cerro y la Vega. Con un taco en la garganta y la perra satisfecha, regresé a la casa.

Me llevé a los animales para adentro. Improvisé una jaula de cartón con cajas viejas y metí a las gallinas en el *family*. Dejé a la perra suelta en la sala y de inmediato se fue con papá, dándole ánimo para seguir contándonos.

—En la terminal de Cleveland conseguí a un hombre que me llevó hasta la casa de un puertorriqueño que daba hospedaje y comida a los hispanos nuevos en el área, sobre todo a boricuas. Me acuerdo de que un día se pusieron, nos pusimos, un sábado, a boxear con un viejo del Naranjo, grandísimo. Y el viejo tumbó a toditos, los tumbó. ¡Cinco corridos! Y yo mirando, y yo mirando hasta que le dije: «Pues vamos a boxear usted y yo ahora». Lo cogí, le metí por el estómago, lo dejé sin aire y le hinché un ojo. Yo era fuerte en mis tiempos, sabes. Después de que tumbó a cinco hombres, que parecía invencible, lo cogí y lo vencí, me lo llevé fácil. Yo era un toro salvaje. Los que estaban ahí se quedaron embobaos y en suspenso. ¿Qué te parece?

—La verdad es que eras tremendito. ¿Y cuánto pagabas por quedarte ahí?

—Ya yo ni me acuerdo, le pagaba la comida también.

Nos contó que fue a más de diez fábricas en Cleveland y no había trabajo para nadie. Los del hospedaje le recomendaron ir a una planta de acero en el sur de Lorain. El edificio principal tenía un rótulo en letras mayúsculas, leía: «National Tubing Company-Lorain Works». No pudo aguantar el humentín y el ruido de las máquinas, se marchó.

En esa ciudad la mayoría de los hispanos eran puertorriqueños y una gran mayoría de ellos eran de Yauco. Una compañía llamada Friedman Labor Agency los había llevado con la esperanza de trabajar y ganar buen dinero. Los hacían tomar un examen físico, pruebas de lectura y hasta escritura en español. Además, tenían que presentar una carta de buena conducta para demostrar que no tenían problemas legales.

El primer grupo de boricuas llegó a esa fábrica en el 1947. Venían de fincas que estaban paradas por la temporada en otros estados. Aquella gente llegó en época fría. Decían que, aunque la compañía les había prometido ropa de invierno, no les dieron nada. Muchos se enfermaron por las malas condiciones y el frío, algunos tuvieron que dejar el trabajo. Después de ellos, fue que todo el mundo empezó a irse de la isla. Volaban en aviones de carga, muchas veces con ganado y otros animales. Aunque se sabía que las condiciones no eran buenas y que a veces salían heridos y hasta muertos en el viaje, los boricuas en la planta seguían invitando a sus familiares y amigos.

Los trabajadores vivían en barracas. Unos edificios largos con muchos cuartos pequeños, uno al lado del otro. Cada cuarto tenía espacio para cuatro hombres, que dormían en dos camas literas. Ahí no había mujeres. Lo único que tenían en los cuartos era una mesa pequeña, pegada a la pared, debajo de una ventana que daba para fuera y dividía las literas. Ahí mismo comían y la usaban para todo. Por el frío, la ventana siempre estaba cerrada. Vivían peor que en la isla.

Después de ir a la fábrica y no gustarle, Papá se fue a caminar por la ciudad. En esos días se celebraba la feria del estado en Cleveland. Las máquinas, los carruseles, los puestos de venta con manzanas cubiertas de caramelo y golosinas; todo era un sueño. Caminó por ahí. La gente lo miraba de reojo, se sentía desubicado, le sacaban el cuerpo.

—Ahí estuve dos o tres semanas y no me gustó eso de que me dijeran *spic*. No conseguía trabajo que no fuera en esa factoría. Así que cogí la Greyhound otra vez, saqué pasaje y volví a Nueva York, a casa de tía Ramonita, allá aterricé.

1:56 p.m.

Regresó la señal de Radio Antillas. El locutor relataba que el río de Guayanilla se había salido de su cauce y que la avenida principal estaba inundada.

—Quien planificó el pueblo moderno de Guayanilla, lo hizo a la usanza de las cavernas, al lado del río —reprochaba el locutor—. Si miras en un mapa, la carretera principal corre paralela al cauce y hasta lo corta en varias ocasiones. Ese río baja desde la altura, se nutre de muchos afluentes en la serranía de Adjuntas, Peñuelas y Yauco.

Me asomé por la ventana y todos los postes del tendido telefónico estaban en el suelo, levanté el teléfono por curiosidad y estaba muerto. Los celulares estaban iguales. No había más que hacer, seguimos escuchando a papá, que feliz nos contaba.

—A Nueva York llegué amaneciendo. La Greyhound me dejó por la 41. Muchacho, eso era una estación inmensa, llena de gente y buses. Fui a un sitio que tenían teléfonos, me saqué una nota que tenía en la cartera con el número de la tía mía, a ver si podía llegar allá. Pero mira, como no sabía hablar inglés, no le pude explicar a la mujer del mostrador lo que quería y no me atendieron. Entonces cogí la guagua, que ya yo sabía eso y llegué al Bronx. Allá fui a parar después de varias horas pidiendo direcciones por las calles, donde vivía mi tía. Vivía en un sector que era de molletos, un *building* de prietos. En el Bronx, en el 1518, todavía me acuerdo. Pero se me olvida la calle. El apartamento tenía como tres cuartos, era bastante grande. Ahí vivíamos nosotros. William también vivía ahí. Otra tía mía, hermana de mami. Vivíamos toditos ahí. Y fíjate, allá conseguí trabajo enseguida en una fábrica que se llamaba Chariot. Hacían coches de nenes, sillas para comer, todo lo de nenes. Y Rosa estaba allá. Me fui detrás de ella, esa es la verdad.

De vuelta en la sala, suena la radio y nos interrumpe un boletín especial.

—Queridos amigos que nos escuchan. Les informamos que el supermercado Napo Vélez, según nos dice un vecino del área, está totalmente inundado y los vientos, aparentemente, volaron la mayor parte del techo y todo se ha perdido.

—Oye Lucy, —le contesta el compañero radial—, esto sí que es un golpe fuerte al pueblo.

—Sí Jaime, así mismo es. Y más cuando me consta que el dueño, durante toda la emergencia antes del temporal, no subió los precios de nada y estuvo abierto hasta el último momento.

Todos lo escuchamos, nos lamentamos, pero seguimos la conversación. Eso es lo único que se oye, malas noticias en la radio y a través de las ventanas.

—Ahí pues, me quedé —continuó papá—, en ese tiempo fue cuando nos casamos, en el 54. En esa fábrica estuve un año, si acaso. Después me vine para Puerto Rico a hacer nada otra vez. Mira que yo era loco, desajustao. Me venía para Puerto Rico y Puerto Rico nunca me dio nada. Mira que locura y que a sembrar matas en el campo. Yo era desajustao, era loco ya en aquel tiempo, no sabía lo que hacía. Tenía un trabajo bueno en una fábrica, ganando cuarenta pesos semanales en aquel tiempo. ¡Qué falta tenía de un palo pa romperme las costillas!

3:30 p.m.

El clima había comenzado a mejorar y la radio continuaba de fondo amenizando con malas noticias. Elena se fue al cuarto a leer y tío bajó a la tienda. Papá aprovechó para contarme la historia de Aníbal, un jornalero guatemalteco que conoció en una de las fincas que trabajó en los Estados Unidos.

Aníbal vivía con la ansiedad de regresar a su país. Además, ya casado y con hijos, sospechaba que su esposa le era infiel. Aunque no tenía evidencia, había comprado pasajes para regresar a Guatemala. Pensaba que, si la sacaba de ahí, todo se arreglaría, pero ella no quería volver.

Una tarde, con los pasajes en un bolsillo y una pistola en el otro, se dirigió a la iglesia del barrio donde asistían. Iba en búsqueda de consuelo. Habló con el pastor en su oficina y éste le recomendó que no prestara oído a lo que la gente decía y siguiera con su esposa. En todo caso que la perdonara, aunque

121

fuera cierto y que por Dios y sus hijos, continuara la relación. Salió más confuso que molesto, más triste que aliviado.

Se sentó en un banco en la parte de atrás, debajo de un abanico de pared y se puso a orar. Se quedó dormido. Lo levantó un ujier que limpiaba para el culto de las siete. Ya estaba oscureciendo, era octubre. Camino a la salida, le pareció escuchar a su esposa reír. Giró la cabeza y ahí estaba, frente a la oficina del pastor.

Metió la mano en el bolsillo, sacó la pistola y se la llevó hasta la sien. Reconsideró. Caminó todo el pasillo apuntando el arma hacia la mujer, tragó un salivón amargo, angustiado y murmurando: «Se ríen de mí», «le contó y se están burlando».

Llegó hasta donde ellos y todavía cavilando, apretó el gatillo, como un autómata, casi vació la pistola en la mujer. El pastor, los ujieres y toda la gente salieron corriendo. Se encontró solo, con el eco interminable de los balazos y el cuerpo de su esposa desangrándose en el suelo.

—¿Puedes creer que ella sobrevivió? Y que él, pensando que la había matado, se mató ahí mismo. Con la misma pistola. No me acuerdo del año. Por allá mismo lo enterraron.

4:20 p.m.

Cansado de historias tristes, y como se apaciguó un poco el viento, decidí ir a casa de mamá Sarín a ver si necesitaban algo. Se lo dije a Elena para que me acompañara y dejamos al abuelo descansando, leyendo un libro viejo de Kardec.

Nos pusimos unas capas amarillas para la lluvia que encontramos en el garaje, guantes de cuero y botas de campo. Agarré un machete y salimos juntos por el patio. Puchunga se nos fue detrás. Caminamos ligero por el sendero que conectaba ambas casas. Pasando entre el follaje de árboles caídos. El viento azuzaba nuestros pasos, aún se sentían ráfagas esporádicas. Llegamos al portón y lo encontramos en el suelo, aplastado por la ramazón, cubierto de hojas y palos. Le brincamos por encima y logramos cruzar.

Llegamos directo al baño. Mamá nos vio venir por una ventana y nos esperaba con toallas. Nos secamos, exprimimos la ropa lo más que pudimos y nos la volvimos a poner. Secamos a Puchunga y la encerramos en un cuarto vacío. Revisamos la casa por dentro y nos percatamos de que la lluvia se coló por la tubería del calentador de agua, a través de la pared que daba a la terraza. Secamos el piso y aproveché para hablar con mamá Rosa y escuchar su versión de la mudanza a los estados.

— Mijo, ¡qué mucho preguntas! Te voy a decir, pero esas son cosas bien personales. Me gradué de noveno, después fui a la escuela superior, terminé el segundo año y un día le dije a mami: «Blanquita y yo decidimos irnos para Estados Unidos, a trabajar para Nueva York». Eso fue como para el 1951, algo así, ya no recuerdo. El esposo de tía Ramonita nos ayudó a conseguir trabajo en la factoría que trabajaba. Después de estar un tiempo en su casa me mudé con una tía que vivía allá. Ella tenía una nena que era de un americano, pero estaba sola.

—¿Y qué hacían ustedes para divertirse? — preguntó Elena, mientras le daba un baño con toalla a mamá Sarín.

125

—Una vez llegué a ir al cine, fui una noche, me acuerdo. Pero todo lo que hacíamos era ver televisión. Había un programa latino que llevaba grupos de acá y tocaban música de cuerda. Había salones de baile, pero nosotras nunca fuimos. Yo era bien casera. Además, no me gustaba como los americanos trataban a las mujeres latinas. Y como éramos pobres, no teníamos teléfono ni nada. No teníamos comunicación con la familia de acá. Nos escribíamos. Una vez le mandé un regalo a mami para navidad. Una colcha que yo no me acuerdo, pero dicen que era preciosa. Una vajilla irrompible. Era como plástica, pero parecía de porcelana. También mandé unas muñecas para Nerín y Gloria. Cuando abrieron el paquete, que vieron una muñeca para cada una, iban a volverse locas. Pero eso fue una ignorancia. ¿Cómo mami va a dejar a una hija suya de diez y siete años irse sola? La gente de antes era ignorante. Diez y siete años, estaba yo en la superior. No terminé la escuela. La verdad es que la situación era un poquito… era dura. Ahí mismo fue que me casé.

—Háblame de la boda.

—Tuvimos una boda como cualquier otra. Temprano por la noche. Ya no me acuerdo quienes fueron. César compró un barril de cerveza y un mundo de botellas. Ahí había cerveza por montones y sobró la mitad. Imagínate, que vino gente al otro día a buscar, se llevaron qué sé yo cuántas botellas. Hasta el hermano mayor de César fue a la boda. Ese sí que llevaba mucho tiempo por allá. Nos llevó a conocer la ciudad de regalo de bodas, como turistas.

—¿Y cómo fue la vida después de casarse?

—Nos casamos y al año nació Carlos, en el 55. Entonces César se vino para Puerto Rico y me dejó sola allá con él. César era eloquillao. A él le daban esos arranques. Se emperró con irse para su casa en el campo y yo me quedé sola. No me quiero ni acordar. A todo eso, terminé viniéndome a Puerto Rico detrás de él y con el nene. No te lo pierdas, al cabo de unos meses, regresamos para Nueva York. O sea, él se fue primero y me mandó a buscar, dejé al nene en casa de mami y me fui con él. Me acuerdo, bendito, como no había nenes, eso eran amores con él. Papi me dijo que se lo dejara, que él se encargaba, que no tenía que darle nada. Ya papi estaba en mejor situación. Ya tenía la tienda. Pero no lo hice, los hijos los crían los papás. Se lo dejé un tiempo, pero cuando me organicé allá, lo mandé a buscar.

—¿Y quién lo llevó?

—Valeria me lo llevó, y créeme nena, estuvimos unos años tranquilos, hasta que nació Mónica en Brooklyn en el 1958. Entonces César se vino otra vez y me dejó con los dos. Eso él no lo mienta. Me dejó con los dos muchachos. Yo me acuerdo. Teníamos un buen apartamento en Brooklyn. Que allá hasta tío Heriberto vivió en casa un tiempo. Le daban unos arranques. Yo le decía: «Pero por qué nos vamos a ir, si aquí estamos bien, tú trabajas, estamos bien». Arrancó, se vino y me dejó sola. Hasta mami fue allá y estuvo conmigo un tiempo en Brooklyn. La historia mía es larga, no te creas. Pero no me morí, aquí estoy. Yo me fui a trabajar. Bendito, me acuerdo de que mami viajó a Nueva York para darse un tratamiento en el estómago, de unos dolores que le daban, y terminó quedándose en casa casi un año, me cuidaba los nenes.

—¿En qué trabajabas allá?

—En diferentes cosas, pero lo más que recuerdo fue una fábrica de carteras. Era un espacio inmenso, con un montón de mesas una al lado de la otra y con seis mujeres por mesa. Entre todas hacíamos diferentes piezas de la cartera, nos pasábamos entre sí las piezas y cada una le iba añadiendo hasta que se hacía completa.

—¿No tienes fotos tuyas de esa época? Imagino que eras bien guapa.

—Tengo unas cuantas en un álbum. Cuando vayamos a casa te las voy a enseñar, yo creo que Víctor nunca las has visto. Cuando fui a Nueva York por primera vez saqué una foto, quedó bien bonita, bien bonita. La tengo ahí en el álbum. Nada, cuando vayamos te la voy a enseñar.

Lo que no nos dijo fue, que ese tiempo que pasó mamá Sarín en Brooklyn, ayudándola con los nenes, causó problemas con la familia que estaba en la isla. Valeria, por ser la mayor de las hermanas que quedaban, era quien cocinaba y hacía las tareas de la casa durante ese tiempo. Salía de la escuela a limpiar y recoger la casa para sus hermanos y su papá. Mamita y papita se habían ido a vivir con ellos y estaban achacosos, había que hacerles todo. Terminó saliéndose de la escuela, estaba por entrar a la secundaria.

7:10 p.m.

Elena se quedó cuidando a Sarín. Mamá y yo regresamos a la casa con Puchunga. Nos fuimos por la calle, esquivando basura y escombros, aún llovía y el viento parecía no querer menguar. Por la cuneta bajaba un chorro de aguas negras, proveniente de una alcantarilla que la lluvia había arrancado con todo y la brea a su alrededor. El agua sucia nos salpicaba y la perra jugaba con ella.

Ya en la casa, dejamos a Puchunga en la marquesina y la distraje para que no fuera al cuarto, fue imposible detenerla y se topó con la desgracia.

—¡Ay bendito!, mira como quedó —gritó triste y sorprendida. Mirando al techo, buscando respuestas—. ¿Qué se puede hacer? Amor a Dios.

La dejé en el cuarto y me senté a charlar con papá en la sala. Me molestaba saber que había abandonado a mamá con sus hijos en Brooklyn. Así que le pregunté por qué regresaba a la isla cada vez que nacía un muchacho.

—¡Mira, yo no me quiero ni acordar! Yo no sabía qué hacer. Como no tenía educación, ni sabía nada de nada, lo mío era sembrar, pues me vine para acá detrás del campo. Rosa se vino conmigo, con el nene, y nos íbamos a quedar. Cuando nació Mónica, para el 58, me vine otra vez porque acá era donde quería estar y quería vivir de la agricultura. Pero pasó exactamente lo mismo, ¿puedes creerlo? Las hermanas de Rosa se pusieron a opinar y a meterse en la vida de uno, así que nos regresamos a Nueva York el mismo año. Después en el 60 nos vinimos todos juntos por primera vez a Puerto Rico. La familia de la isla estaba contenta porque había sido planificado. Tanto así, que papá me cedió una cuerda de terreno en la finca.

Construyó una casita en madera, cogió una yunta de bueyes, la domó y se puso de agricultor. Sembraba gandules, porque según él, en aquel tiempo llovía. Pimientos, berenjenas y muchas otras verduras, vendía por sacos, le iba bien. Trabajaba de sol a sol, se levantaba a las cuatro de la mañana, se hacía un café y se llevaba desayuno para la tala. Después del mediodía, bregaba en los semilleros, desgranaba gandules, aporreaba el café y el achiote. Trabajaba hasta por la noche, hasta que se acostaba. Iban a quedarse. Los nenes estaban en la escuela y mamá tenía trabajo en el pueblo.

Para el 1964 sembró dieciocho cuerdas de gandules, cuando el gobierno las medía para incentivar el cultivo. El último año que sembró, ahí fue que se disgustó. Él dijo: «Aquí este año me pongo las botas». Tumbó aquellos montes a machete y hacha. Un hombre de la altura venía a ayudarlo. Empezaban de arriba hacia abajo, tumbando los palos pequeños, las aromas y la maleza, todo lo que molestaba para sembrar. Hacían montones con todo aquello, a veces había doce montañas de yerba y matojos en un solo canto. Los dejaban dos o tres días y les pegaban fuego. Después regaban la ceniza por el suelo como abono. Pero se regó la voz y todo el mundo hizo lo mismo. Todo el mundo sembró gandules y se pusieron a cuatro chavos la libra en cáscara. Perdió dinero, botó los chavos. Ni los querían de tantos que había. El dueño del almacén en Peñuelas, de la planta donde la Goya recogía, les viraba la carga. Hizo dos o tres pesos, y eso le molestó tanto, que se fue otra vez para los Estados.

9:32 p.m.

Pasó una guagua de helados frente a la casa con el jingle de Payco. No había luz, ni agua y una sola vela alumbraba la casa. El repiqueteo constante de la lluvia y el sonido de sirenas de emergencia nos recordaban que aún no pasaba el temporal. Nadie iba por la cocina ni el comedor con tal de evadir la misteriosa peste que persistía en el ambiente.

Papá cantaleteaba sobre el regreso de los tiempos de antes, de lo arrepentido que estaba por regresar a Puerto Rico y no quedarse en Chicago. Así que aproveché para preguntarle sobre cómo le fue por allá, si lo trató mejor que Nueva Jersey, Cleveland y Nueva York.

—Chicago fue muy bueno conmigo, se ganaba bien. A mí hasta me gustaba. Llegamos en el 66 buscando un mejor ambiente. Chicago fue para mí fue una gran cosa. Llegué un lunes por la tarde y en seguida los muchachos del barrio me buscaron trabajo, al otro día empecé, seguido. Me presentaron tres trabajos a la vez. En eso podía escoger y empecé a trabajar enseguida.

Papá se fue primero y mamá pensaba dejarlo solo por allá, pero él se puso a escribirle y ella decidió irse con él. La familia no quería que se fueran. Pero mamá le dio un ultimátum y sacó pasaje. Él les enviaba dinero por carta, y ella, cuando ya tenía todo, le dijo a la familia que se iban. De un día para otro. Gloria y Azucena los llevaron al aeropuerto en la línea. Iban todo el camino convenciendo a los nenes: «No se vayan, no se vayan, es una locura irse ustedes para allá, díganle a Rosa que no, que no se quieren ir».

Llegaron directo a casa de un amigo que les permitió quedarse unos días. Luego buscaron una casa y rápidamente se mudaron. Ahí estuvieron un año. Al principio, los nenes lloraban en su cuarto. Extrañaban a las tías. Sobre todo, a Nerín, que los llevaba al cine y a pasear. Echaban de menos a la familia.

Después del primer año se mudaron para Augusta Boulevard. Vivían en la casa de doña María y el esposo, una pareja de Yauco. Habían construido una casa de dos pisos en el patio y ahí vivían ellos, en la segunda planta. Para esa época aún no había muchos latinos en el área, todos eran americanos y polacos.

Al principio no tenían carro e iban a pie a todos lados. Los nenes caminaban a la escuela porque papá y mamá se iban temprano a trabajar. Estuvieron en la Elizabeth Peabody y en la William H. Wells Community High School. Papá se compró un volky en el 68, pero un día los dejó a pie y lo vendió. Después fue que decidió comprar, nuevo y de paquete, un Plymouth Valiant azul del 69.

—Oye César, ya que Víctor está tan interesado. Cuéntale de los trabajos que tuviste por allá —le dijo mamá, cogiéndolo por una oreja, como si lo regañara.

—Trabajé en tres fábricas, me movía porque me daba la gana. Hasta que llegué a Chicago Hardware.

Era una fábrica en que se trabajaba con acero. Tornillos, tornillos y más tornillos, *turnbuckles*, roscas y qué sé yo. Ahí sí que me gustó, estaba lo más bien. Había aprendido a hablar un poco de inglés. El jefe, Mr. Jerry, me quería muchísimo y me daba muchas oportunidades.

—Ahí estuvo como siete años —añadió mamá—. Casi todo el tiempo estuvo en esa fábrica, lo querían mucho.

—Así mismo es. Trabajaba con los tornillos de los tensores que usan las grúas y los postes. Eso hacíamos nosotros, desde el más chiquito hasta el más grandote. Ese era mi trabajo.

—Cuéntale de tu pasatiempo en el trabajo. De la finquita que casi haces en el patio.

—Cuando llegué a Chicago Hardware, fue un verano y la fábrica tenía un patio grande. Y yo, pues, sin pedir permiso, busqué unas matas de tomate y las sembré. Cada día por la mañana, sin falta, cuando llegaba las regaba con un balde que llenaba en el baño. Como no dijeron nada, fui después y sembré

138

un montón. Iba y les echaba agua en el tronco por la mañana. A las dos de la tarde nos daban un descanso, para tomar café y yo aprovechaba y las aterraba a esa hora. Ellos se dieron cuenta, que yo cargaba agua y me pusieron una pluma. Eso no se lo dan a todo el mundo, para eso hay que tener quilates. Y se me dieron tan buenos, que les di a los jefes, parieron tantos, ¡Avemaría, en ramilletes! Y ellos se dieron cuenta que yo sabía de eso y como se dieron cuenta, un día Mr. Jerry me llamó y me dijo: "César, next year we are going to install another water faucet on the other side of the patio, so you can continue planting and growing food on your breaks". ¡Ja, fíjate, qué garantía! Eso quiere decir que querían mucho a uno, ¿verdad? Si yo lo cojo, yo fuera millonario, fuera jefe en Chicago. Oye y a cada rato me preguntaban: "César, you are going to plant on the patio this Summer, right?" Y yo: "yes, yes, yes, Mr Jerry".

—Hasta que recibimos la famosa carta llegando el verano —dijo mamá—. Nos escribieron para que nos viniéramos a coger el negocio de papi. Le había dado un infarto dentro de la tienda y aunque quería seguir, mis hermanas insistían en que lo dejara.

—Quedarme con el colmado como que a mí me gustó, me impresionó que me ofrecieran el negocio. Oye, cogí el consejo y me he arrepentido veinte veces. Yo debería ser millonario en Chicago. Pensaba comprarme una casa, tenía el pronto, tenía trabajo permanente, me querían en la factoría porque era buen trabajador. ¡Avemaría y me da con venir para acá en verano! Y se me olvida de la mente lo que me habían dicho ellos de que sembrara el patio. Concentré en que me venía para Puerto Rico, ¡ahí fue que metí las cuatro patas! Se me olvidó don Jerry, que me había dado el patio. Imagínate, si yo siembro ese patio, era bien grande. Yo hubiera sembrado de todo, pimientos, tomates, berenjenas, *watermelons*. Me hubiera ganado a esa gente, hubiese sido el nene lindo, me imagino, porque yo le hubiera sembrado todo lo que les gustaba a ellos. Les iba a preguntar lo que les gustaba y se lo iba a sembrar.

Mira muchacho, hasta me daban horas para que bregara con las matas, medio día. Te lo digo así, estaban locos conmigo. Pero empezando el verano me vengo para la isla y se me olvidó todo eso, fíjate. Cuando le dije a Mr. Jerry que me iba, me llevó para la oficina y me pidió que no me fuera. Hasta me ofreció un aumento de sueldo y puedes creer que me dijo que en la isla no había futuro. Oye, cogió el mapa y buscó y me dijo: "Show me where you are going, to what town?" Traté de enseñarle en el mapa dónde estaba Yauco. Busqué y oye, no lo encontraba, fíjate, él lo encontró primero que yo.

—Pero no te quejes —agregó mamá, tratando de calmarlo—, acá en la isla nos fue bien.

—Mira, para que tú entiendas —Mirándome fijamente—. Nos habían dado una carta el año antes, donde decía que nos habían estado guardando unos chavos en el banco, que sé yo, en el Wall Street que le llaman. A los diez años iban a darnos esos chavos. En eso podía tener treinta mil o cuarenta mil pesos, ¿oíste? No sé ni qué decía la carta, la boté, no debí haberla botado, que bruto fui. Yo he sido bruto en la vida, tengo parte de inteligente y parte de bruto. Ese dinero lo podía invertir en la compañía, fíjate. Fuera accionista de esa fábrica en Chicago. Oye y debería ser hasta industrial, pero fui bruto y desperdicié mi suerte. Después fui, como al año de haber regresado a la isla. Como no iba bien el negocio, fui a investigar, pero no había trabajo para mí, así que regresé.

—Gracias a Dios, porque imagínate, que te hubiera dado con irte otra vez. Yo para allá no iba, te ibas solo.

—Tuve la dicha y la suerte en mis manos. La dejé perder. Esa carta fue la culpable. Si no me mandan esa carta, yo no me vengo. Me embobé y se me olvidó lo demás. Concentré acá y olvidé allá. Chacho, yo debería ser millonario, no debí haber botado la carta, oye, y la boté también.

—Locura, locura se llama eso, esa es la palabra correcta. Este cometió muchas locuras —añadió mamá, con tono de sorna.

142

—Y lo más lindo es que una vez llegué a Yauco, fui a coger el negocio, pero Franco ya estaba bien. Por eso siempre pienso que lo de la carta fue cosa de ellas, que eran muy aprontás. Después que estaba ahí, Franco se tuvo que ir. Se fue contra el gusto, me di cuenta y casi regreso a Chicago. Ahí le di 22 años al negocio.

Se apagó la vela y papá se despidió.

—Me voy, ya oímos muchas historias. Por ahí vienen los tiempos de antes que pronostiqué. Estoy en los últimos minutos, me voy para el paraíso. Ojalá y estuviera en el campo, allá me siento bien.

Parte 3

Todas son lindas

Valeria y Peter

Camino a la casa por las tardes, Valeria pasaba frente a una escuela de baile y canto. Se detenía un rato y por la ventana, admiraba a las niñas saltar, hacer piruetas y deslizarse con gracia; tomadas de la cintura por algún niño enclenque y malhumorado.

Al caer la tarde, luego de hacer las tareas del hogar, se iba al patio a imitar los pasos de baile. Daba saltos, mientras movía los brazos hacia arriba y hacia abajo, y con gracia, movía la cabeza de lado a lado, mirando de reojo las casas de los vecinos.

Un día cogió a Peter mirándola desde una ventana. Se veía entusiasmado y tembloroso. Se quedó mirándolo, le sonrió y siguió bailando para él. Nunca había tenido audiencia. Peter continuó lo que hacía, mirándola fijamente, sin pestañear. Valeria era voluptuosa y bailaba sin sostén. Su aura rosada contrastaba con la blancura de su piel y la transparencia de su camisa gaseada. Esa tarde, aún tenía puesta la falda de la escuela. Los volantes se mecían con la brisa, dejando entrever sus muslos gruesos y sudados.

Una llovizna momentánea los interrumpió. Valeria se metió debajo del alero de la casa. Dejando que su cabello, libre, ondulando en la brisa del petricor, humedeciera el chubasco.

A partir de ese día, Valeria le bailaba casi todas las tardes a Peter. Quien, a su vez, ya no la veía escondido tras la ventana. La esperaba con ansias sentado bajo el dintel. Se enamoraban durante sus citas vespertinas de bailes improvisados.

Como Valeria tenía 17 años y Peter 18, decidieron empezar a verse por las tardes en la plaza o en el parque. Ese era el punto de encuentro de las hermanas. Ahí era que se enamoraban las muchachitas del pueblo y los mozos buen partido. También iban al cine a ver series con los muchachos, que siempre se quedaban en lo más importante o lo más peligroso para que volvieran la semana siguiente. La Liga Atlética les daba taquillas para que velaran a la gente fumando, pero no hacían nada y se ponían a ver la película.

Valeria llegaba con sus hermanas menores de chaperonas; Gloria, Azucena y Nerín. Caminaban tomadas de la mano por la parte de adentro de la acera, coqueteando y echando chistes con los niños, que caminaban por la parte de afuera. Al encontrarse con quien le gustaba, seguían caminando juntos o se metían en la plaza. Pasaban el rato, ya fuera sentados en un banquito alrededor de las fuentes o bajo los árboles. Las fuentes tenían peces y tortugas, pero a Valeria no le gustaban. Le molestaba la gran cantidad de niños pequeños que se arrimaban a la fuente a jugar con el agua llena de limo y excremento de pájaros. Prefería un banquito que había en el lado norte, debajo de un almendro y casi frente al campanario de la iglesia.

Peter iba con sus amigos para distraer a las hermanitas de Valeria y poder hablar con ella a solas, tomarle la mano y acercarse lo suficiente como para sentir su aliento. Le funcionaba porque las hermanas se dejaban, eran listas y no se iban lejos ni perdían a Valeria de vista.

Una tarde, las chaperonas se distrajeron más de la cuenta y los dejaron solos por primera vez. Valeria se echó para atrás, alejándose de Peter lo suficiente como para que la viera a cuerpo completo y se abrió la chaqueta. Sabía que a Peter le enloquecía verla así. Se tomaron de la mano y por un largo rato, no se dijeron nada. Peter era sano y no se atrevía a tocarla más allá de las muñecas, la contemplaba detenidamente, embelesado. Esa noche se dieron el primer beso al son de las campanadas de la iglesia.

El campanario daba sus repiques ordinarios media hora antes de la misa. Primero una campanada y al cabo de un breve espacio de tiempo; quince golpes seguidos, terminando con una campanada luego de otra pausa breve.

Pero Peter tenía un secreto. Él tenía novia de compromiso. La visitaba y todo, pero se enamoró completamente de Valeria aquel día que la vio bailar.

Rompió el compromiso una semana después del beso en la plaza.

Con el permiso de Franco, empezó a visitar a Valeria en la casa. Le llevaba quenepas, pero se las daba a Gloria y se acercaba más a ella para que Valeria le hiciera caso. Tanto así, que Sarín llegó a pensar que era de Gloria que estaba enamorado.

A Gloria y a Azucena no les interesaban los amigos de Peter, ni los vecinos, ellas estaban pendientes de dos niños que habían conocido en la plaza una de las tardes que fueron de chaperonas.

Gloria y Mario

Chelo, un muchacho que estaba en la escuela con Azucena, le enseñó una foto de las hermanas a su amigo Roberto, quien, a su vez, se la mostró a Mario.

Mario quedó prendado y dijo: «A mí la que me gusta es la chiquita, Azucena». Pero Roberto había visto la foto primero y le dijo: «Esa no, esa es la que me gusta a mí». Entonces Mario dijo: «Todas son lindas, olvídate, si a ti te gusta esa, olvídate, preséntame a la otra», que era Gloria.

Roberto y Mario se conocían desde niños, empezaron juntos en el Colegio Santísimo Rosario desde kínder. Gracias a sus tías, que costeaban las matrículas, pudieron educarse desde pequeños en escuela privada.

Roberto fue el primero en acercarse a las hermanas una tarde en la plaza. Mientras hacían de chaperonas. Le hizo señas con la mirada a Azucena

153

y ella lo invitó a acercarse. Como era de las más pequeñas, Gloria y Nerín no le soltaban el rastro. Cosa que aprovecharon Valeria y Peter para apretujarse.

Roberto no perdía tiempo y al día siguiente, una vez demostró su interés por Azucena e hizo amistad con las hermanas, le habló a Gloria sobre Mario. Gloria era selectiva y le dijo: «A mí no me presentes a ese flaco enclenque, no me gusta, es narizón, no me gusta». Pero Roberto no le hizo caso, lo llevó al día siguiente y se lo presentó. Dieron una vuelta por compromiso y en una, Gloria le dijo: «Me voy, te quedas con mis hermanas», y lo dejó plantado.

Otro día fue a buscarla a la escuela y ella, molesta, pero complacida en secreto, les decía a las amigas: «Mira, ahí está el narizón ese otra vez, buscándome». Ella dejaba que él la cortejara, aunque decía que no le gustaba. Hasta que se alejó. Y al alejarse, Gloria se enamoró y le dijo a Azucena: «A mí me gusta ahora, yo lo quiero». Entonces

Azucena se lo dijo a Roberto y Mario la buscó otra vez.

Ya siendo novios, un día Franco llevó a la familia a la playa en carro fletado, para el cumpleaños de una de las nenas. Gloria bailó con un muchacho musculoso, que recién había llegado del ejército. Todas bailaron con todos, no había razón para celarlas, pero se lo dijeron a Mario y él la dejó. Aquello fue el acabose y duró más de una semana. Se encontraban de frente, paseando en la plaza o en el parque, no se miraban. Gloria, al verlo venir, le hacía cucas monas y cantaba canciones, pero nada. Hasta que una tarde, Gloria se cansó y no fue a la plaza. Mario la extrañó y fue buscándola al parque, al cine, a la plaza del mercado y caminó la ruta desde el pueblo hasta la casa de las muchachas.

No fue hasta que Mario habló con Roberto y le pidió que convenciera a Azucena de llevarla a la plaza un viernes. Hasta el mismo banquito donde Valeria y Peter solían sentarse.

Mario la esperaba y al verla le declamó un poema. No había terminado de leerlo y ya Gloria lo había perdonado. Tomó la flor, le dio con ella y le dijo: «No me vuelvas a dejar».

Azucena y Roberto

El primero en pedir la mano de una de las hermanas fue Peter, después Mario. Franco no les puso ningún pero. Siempre simpatizó mucho con ambos, pero con Roberto fue distinto. No se apuraba a pedir la mano de Azucena por ser la más joven de las tres, pero: «ella no estaba de novios todavía», según Franco. Hasta que una mañana, Sarín se enteró que Roberto iría a pedir la mano.

Como la doñita era entendida, y ella y Franco habían pasado unas cuantas experiencias desagradables cuando él fue a pedir su mano, no quiso que Azucena pasara por lo mismo. Esa tarde fue temprano al negocio, le llevó una fiambrera, una muda de ropa y le dijo: «Date un bañito aquí y cámbiate, que Roberto viene hoy a pedir la mano de la nena». Eso le estuvo malo a Franco. No le gustaba que su mujer le dijera lo que tenía que hacer. A fuerza de experiencia se había acostumbrado, pero hacía de mala gana lo que ella le pedía de manera tan determinada.

Dieron las siete y allí estaba Roberto, puntual. Con su camisa blanca bien planchada, una corbata ancha y pantalones filoteados. A Franco no le gustaba Roberto porque no trabajaba. Le gustaba estudiar y eso para él, era una pérdida de tiempo. Roberto le dijo que iba a ser ingeniero, que estudiaba en el Colegio de Mayagüez y eso le gustó al viejo. Ninguno de los yernos tenía título profesional. También le gustó que a Nerín esa influencia le venía bien. Ella desde chiquita decía que iba a ser maestra y tener a alguien con título en la familia podía ser de motivación para ella.

Azucena era la querendona del viejo. Vivía arrepentido de haberla dejado al cuidado de unos tíos al irse a los Estados Unidos. Tan pronto llegó la fueron a buscar, pero al cabo de un tiempo, la volvieron a mandar a otra casa. Con una tía que no tenía niñas, sólo seis hijos varones. Allá la cuidaban, pero tampoco lo pasó bien entre tanto muchacho y viviendo incomunicada en una loma.

Con Roberto lo pasaba bien, se notaba que la cuidaba y respetaba. Franco terminó aceptándolo, a regañadientes, con el tiempo le cogió cariño. Roberto era decente y se buscó un trabajo en el cine del pueblo para complacer al viejo, en lo que terminaba de estudiar.

Nerín y Tomás

Tomás era uno de los pocos amigos de los muchachos que tenía carro, una guagua Pontiac Safari del 64. Su mamá se la prestaba desde que tenía 14 años, se adueñó de ella tan pronto cumplió la edad y sacó licencia. Cuando lo dejaban solo en la casa, cogía las llaves de la guagua. Daba una vuelta, pasaba por casa de sus amigos para tocar bocina, y si se sentía atrevido, llegaba hasta la plaza para que lo vieran guiando. Aquello parecía un carro fúnebre, por lo larga que era la parte de atrás, los amigos le decían el ataúd. Cuando salían en grupo, los que no cabían sentados, se iban atrás con las novias y eran los que más gozaban.

Mario y Roberto querían presentarle a Nerín. Era la última soltera en la casa y tenía muchos pretendientes, pero los muchachos pusieron un plan en marcha. Como para visitar a las novias en la casa había que pedir permiso de antemano, las hermanas preferían encontrarse con los novios en la plaza.

Gloria y Azucena también querían que Nerín se hiciera novia de Tomás. Así que, un Sábado de Gloria, se pusieron todas lindas y bajaron para el pueblo. La misa empezaba a las siete y desde las cinco el pueblo estaba lleno de muchachería. Había música de cuerda en la plaza, quioscos de comida, juguetes y artesanías. Valeria también bajó a encontrarse con Peter.

Una vez allí, las chicas dieron varias vueltas buscando a los novios, fueron a las áreas donde solían sentarse en la plaza, pasaron por la fuente, caminaron varias cuadras de la calle Comercio, entraron al cine, a la iglesia, nada, no aparecía ninguno.

Sentadas en un banquito, preguntándose qué pasaba, avistaron la guagua Safari a lo lejos. Venían los cuatro, perfumados y planchados. La emoción les hizo olvidar el enojo. Les pasaron por el lado, tocaron bocina y fueron a estacionarse. A todo esto, ni Tomás ni Nerín sabían que había un plan para presentarlos.

Tomás llegó haciendo ruido con las llaves, dándole vueltas, con la argolla del llavero metida en el dedo índice. Nerín quedó prendada. Tomás era flaco, mucho más alto que ella, de voz gruesa y buenos modales. La diferencia de edad no era tan notable, ella estaba terminando la escuela superior, él había salido el año anterior. Trabajaba con el papá en los negocios de la familia. Vendían artículos de colmado al por mayor y piezas de carros. Franco suplía sus negocios con ellos, les compraba café y otros productos desde que estaba en la plaza. Tomás le empacaba las compras y en ocasiones le llevaba los paquetes. Aprovechaba para ganárselo, le hablaba de negocios, le contaba secretos de otros negocios, de sus planes y emprendimientos futuros. Su papá era de los que jugaban dominó con Franco por las tardes en el negocio de don Juan. Allí se reunían con otros comerciantes y cogían jumetas.

Al son de un trío, caminaron por la plaza entre el bullicio, todos del mismo lado y en pareja. Los cuatro amigos y las cuatro hermanas. A los cinco minutos estaban cogidos de la mano y sentados en un banquito al lado opuesto de la fuente.

Sarín los velaba desde lejos, no les decía nada y en secreto, bajaba al pueblo detrás de las hijas. Ellas lo sabían y tampoco decían nada.

Las visitas y las salidas

Cuatro novias en una casa. Cuatro parejas que querían verse todos los días y el viejo no las dejaba. Para ir a visitarlas, como Franco era bien estricto, les puso días. Una tarde de domingo los reunió a todos y les dijo: «Usted viene aquí tal día y usted tal día. Ya a las diez de la noche se tienen que ir». Como él se daba sus traguitos después de salir del negocio, si encontraba a alguien en la casa el día que no le tocaba, se ponía como un guabá y les decía: «Yo le he dicho a usted como son las cosas aquí, me hace el favor y se me va de inmediato, esto aquí no es la plaza pública». Los muchachos se disculpaban y le daban cualquier excusa, pero el atrevimiento les costaba perder el día de visita oficial cuando les tocaba esa misma semana o la próxima.

Hasta que Peter dijo: «Tenemos que ganarnos a este señor» y se puso de acuerdo con los amigos. Su madre siempre le decía: «Hay que saber darle a la pelota».

165

Los muchachos empezaron a ir al negocio de Franco por las tardes los días que no visitaban a las novias. Si el viejo los necesitaba los ponía a hacer mandados, a empacar compra o a ayudar a Lito a lavar las botellas en el patio. Así empezaron a conocer amistades del viejo y les cogió un cariño tremendo. El menos que iba era Roberto porque estudiaba en Mayagüez, pero se aseguraba de ir un rato los fines de semana, sobre todo los domingos que era el día más ocupado en el negocio.

Después de cerrar lo acompañaban al negocio de don Juan, jugaban dóminos y hablaban de todo menos de las novias. Las habilidades de Mario en el dominó eran impresionantes y se convirtió en su pareja oficial cada vez que más de un novio coincidía. Al viejo le encantaba trancar el juego y poner la ficha con todas sus fuerzas sobre la mesa mientras gritaba: «¡Trancao!». Más de una vez rompió la ficha, acabando el juego y mandando a todo el mundo para su casa.

Parte 4

Virazón

Día 8

6:00 a.m.

El río de basura, mierda y papel de baño que anteriormente habíamos encontrado en la calle, continuaba saliendo violentamente de la alcantarilla. Ropa que ayer estaba en algún gavetero, planchas de madera que fueron parte de alguna pared, un coche de bebe roto en pedazos, plantas, hojas, ramas y un gato maullando.

—¿Será la gatita gemela de ojos azules? —exclamó mamá, emocionada—. El hermanito está en casa de mami, en la terraza, pero cuando lo guardé no vi la gatita.

Me fui a buscarla, caminé calle abajo y el maullar se acrecentaba. Miré por un portón y allí estaba la gata, junto al vecino, echando agua para afuera con la escoba.

—Oye, ahí debajo de las escaleras, ahí estaba la gata de tu mai. Imagino que la andabas buscando —

dijo el Colorao—. La dejé ahí porque no se dejó coger, y mira, ahí se quedó. Esa gata tiene ashé.

La agarré y me la llevé a casa de mamá Sarín para juntarla con su hermanito. Para entrar a la casa me fui por la marquesina. Tuve que pasar luego por el patio, el trayecto fue escabroso. El follaje y las ramas de un árbol de aguacate que casualmente estaba parido de tepe a tepe, bloqueaban el acceso. Empecé por las ramas más finas, las piqué y las amontoné fuera del camino. Papá me enseñó a usar el machete. El truco es agarrar fuerte el cabo y darle sesgado, en ángulo, usando el codo para el swing y manteniendo la muñeca recta. Así las ramas se van de un machetazo. Me fui abriendo camino hasta que llegué al tronco. Lo levanté un poco, lo tiré hacia el lado y para fuera. Pude salvar uno que otro aguacate verde y pintón, casi todos se abrieron al caer. Subí a la casa y todo estaba tranquilo. La gata se encontró con su hermanito y yo con Elena.

Como era una casa de dos pisos, me trepé en el techo para ver el barrio. Se veía el río pasar y socavar los cimientos de las casas en la acera del frente. No había nadie en ellas, todos se fueron a un refugio. El agua no llegaba hasta la calle porque esas casas estaban ahí.

Alargué la mirada y vi que la parte baja del pueblo era un mar. El río cubría la finca de plátanos, la urbanización Luchetti, el parque de pelota y la entrada del pueblo. El agua llegaba hasta el techo del edificio de la guardia nacional y le pasaba por encima al puente de la autopista.

8:00 a.m.

La enfermera llegó a cuidar a Sarín y regresé a la casa con Elena. Estábamos ansiosos por ir al campo y ver cómo quedó la finca, papá no hacía más que hablar de eso y yo estaba igual. En la radio decían que no se podía salir en carro a menos que fuera una emergencia. Así que seguimos conversando acerca del regreso de los abuelos a la isla y de cómo era la vida de antes.

—Cuando regresamos de Chicago la última vez, ya para quedarnos, esto estaba quebrao. Cuando llegué, todavía en Puerto Rico no había cupones y estaba la cosa mala, casi no se vendía nada. Como Franco estaba enfermo, había dejado caer el negocio. ¿Tú sabes cuánto yo vendía los primeros años? Catorce pesos diarios en el año 70. Eso estaba quebrao.

—Cuando llegamos con los nenes —dijo mamá, interrumpiéndolo casi abruptamente—, me quedé en casa de mami, hasta que le compramos la casa de la Santa Rosa a mamita, o a los herederos, porque ya mamita había muerto.

—La mandé a tumbar. La hice nueva con unos chavos que traje.

—Era una casa vieja —prosiguió mamá—. La hicimos casi toda en cemento, el piso, los bajos. Entonces arriba fue que la hicimos en madera, bastante cómoda y nos mudamos para allá. Con su baño, su lavadora y todo arriba, lo tenía todo cómodo. En el patio había una letrina y la dejamos. Después Carlos y tu mamá se fueron para la universidad. Tu tío se fue a estudiar en la Hotelera y Mónica, pues tú sabes que regresó a Chicago contigo un poco después de que tú nacieras. A ella nunca le gustó acá.

—¿Y cómo cambiaron las cosas cuando yo nací? A ver, cuéntame —le pregunté a mamá, ansioso por saber cómo me insertaba en la historia.

—Tú eras un bebe tan lindo. Me acuerdo, te llevaba a la tienda y te pesaba en la balanza. Eras como otro hijo.

—La tienda estaba al estilo antiguo y nosotros la pusimos *self s*ervice. Hicimos góndolas para que la gente caminara por la tienda, cogieran lo que quisieran y luego pagaran. Antes no, antes tenían que pedirle a uno lo que querían, uno lo buscaba, se lo daba y cobraba. Las hizo un primo de Rosa. Tuve que ir a Caguas a ayudarle porque estuvo meses y no aparecía. Entonces vinieron las góndolas, se pusieron y el negocio empezó a cambiar. Otra cosa que ayudó fue, cuando llegaron los cupones en libretas. La gente se despachaba en la tienda. Ahí los comerciantes pequeños en Puerto Rico hicieron chavos, se salvaron, nos salvamos todos.

—¿Y cómo era lo de los cupones?

—Los primeros que vinieron, a los que se los aprobaron, tenían que pagar una cantidad para que se los dieran. Pagaban treinta pesos, cuarenta pesos… para que le dieran el resto, pero tenían que pagar. Creo que sí. ¿Oíste eso? Ellos le pagaban eso al gobierno. Entonces todo me lo compraban a mí, menos los detergentes, eso era aparte.

—Eso de la tienda *self service* fue tremenda idea. ¿Cómo se les ocurrió? —Siguió preguntando Elena.

—Se le ocurrió a Rosa, porque en Chicago las tiendas donde ella compraba eran así. Ella fue la de la idea. Las cambiamos porque como estaba tan malo y no se vendía nada, a ver si cambiaba un poco la cosa. El único día que yo vendía hasta cuarenta pesos era el domingo, fíjate. El domingo siempre era bueno, en días de semana eso estaba como muerto. Lo más que vendía era todo lo que fuera comida criolla como arroz, habichuela y carne. Ese era el momento para crecer y hacer un supermercado, pero el espacio no daba. No éramos muy desto, no teníamos mucha imaginación, ¿entiendes? Se quedó chiquito siempre. Y tuvimos oportunidades porque en Yauco no había ni un supermercado.

10:00 a.m.

Me trepé al techo de la casa, desde ahí se veía toda la comunidad del Cerro y el pueblo hasta la iglesia católica. Se había calmado la lluvia y me quedé un rato. Aunque las casas del Cerro parecían intactas en la distancia, con la cámara del teléfono pude ver la verdadera devastación. El temporal arrasó con las viviendas y la vegetación. La cancha perdió el techo y un chorro de agua sucia fluía por la calle principal, metiéndose en las casas y dañándolo todo. Del otro lado, la corriente del río, marrón blanquecina, cargada de escombros; corría a la par con las verjas de Lucchetti. Desde el techo se veía el agua brotar por encima de las verjas, inundando las casas en su totalidad.

Les conté a los abuelos y se acordaron del huracán Eloisa. Azucena y Roberto vivían en Luchetti y no desalojaron a tiempo. Tuvieron que treparse en el techo para ser rescatados por voluntarios de la Defensa Civil una vez el agua empezó a subir.

—Siempre pasa lo mismo con Luchetti. FEMA debería comprarle las casas a toda esa gente, destruirlas y hacer ahí una expansión del río o un lago, qué sé yo —comentó mamá—.

—Para cuando eso pasó, a mediados de los años 70, recuerdo que el negocio estaba en su apogeo —dijo papá, con ganas de seguir contando—. Pero al tiempo, después de veinte años de haberlo cogido, volvieron a ponerse los negocios malos. Ya estaban llegando los supermercados. Y puedes creer que lo mismo que hicieron conmigo, hizo Rosa con Carlos. Lo llamó para que se viniera a cogerlo. Un día de acción de gracias, sin saber yo nada, apareció Carlos acá. De golpe y zumbío. Rosa, que lo mandó a buscar, ella fue, no fui yo. Yo no quería dejar el negocio. Como hicieron conmigo, se repitió la historia. Y yo tenía ganas de decirle que no, pero como ya estaba aquí. Ya él había dejado el trabajo que tenía allá, pues se lo cedí, ¿entiendes? Se lo vendí.

Me arrepentí cien veces de haberlo vendido. Pero pues, como ya él había dejado el trabajo que tenía allá. Le iba de lo más bien, pero dejó todo para venirse para acá. Lo mismo que hice yo, ¡ja! La misma historia, la historia repetía. Me he arrepentido… por poco me vuelvo loco de pensar que había metido las cuatro patas. Tuve idea de montar otro negocio, pero no lo hice pa no competir con él. Por poco me vuelvo loco. Lo más seguro le pasó lo mismo a Franco cuando me lo vendió a mí.

11:30 a.m.

Comimos una bobería y saqué la guagua para ir al campo. La estacioné frente a la marquesina y me fui a dar una vuelta a pie por el Tendal. Los postes y el tendido eléctrico estaban por el piso, las casas sin techo y parcialmente destruidas, todo estaba peor de lo que me imaginaba. Regresé a coger la guagua y busqué a papá. Me esperaba frente a la casa con Elena.

El pueblo estaba en ruinas. Casi todos los negocios del Paseo del Café tenían las tormenteras puestas. Más adelante, vimos carros con los cristales rotos y negocios sin techo, mojados por dentro con las vitrinas destrozadas. Había gente andando, limpiando, ayudándose unos a otros, pero no eran muchos. Nos detuvimos en una casa a ayudar a una pareja que trataba de mover las ramas de un árbol que cayó frente a su casa. Me bajé con la sierra y en par de minutos el árbol estaba en pedazos. Me pagaron con un vaso de agua y me fui contento.

180

Llegamos al Puente Colorao, nos estacionamos frente a la panadería y nos bajamos a saludar al montón de gente que se reunía allí a ver la corriente del río pasar. Elena entró a la panadería y para su sorpresa estaban vendiendo de todo. Pidió dos libras de pan, cuatro donas, media libra de queso de bola y un padrino frío de Coca Cola.

Nos montamos en la guagua otra vez y prendimos la radio. La única estación al aire era la de Guayanilla. Un locutor, conversaba desde la cabina y una periodista reportaba desde la calle, entretejiendo una conversación.

—Por más que les dicen a las personas que permanezcan en sus casas... que no salgan. Quédense en sus hogares. La carretera no está apta, a menos que sea para prender una planta eléctrica. Estamos transmitiendo con motivo de esta emergencia... nosotros estamos en la calle, pero estamos haciendo un trabajo, usted que está curioseando, ¡váyase para su casa! Deje las vías tranquilas para los servicios de emergencia de la autoridad de carreteras, de los municipios, que son los que verdaderamente están haciendo el trabajo. No estorbando, ayuda.

—Aquellos amigos que nos están llamando, pueden llamar a la WKJB, Radio Isla, estamos recibiendo llamadas, pero sólo de emergencias. Estamos dentro de las 72 horas críticas. Es bien importante que entremos en esa mentalidad en este momento. Que seamos más racionales que pasionales. Que actuemos con cordura.

Llegamos al puente de Chengo y la corriente se sentía densa y pesada, sonaba sólida. Desde el puente se veían cuatro columnas solitarias, con las varillas emergiendo por arriba, era todo lo que quedaba de una casa a la orilla del río. Muchos comentaban que la familia que vivía en aquella casa no quiso irse a un refugio y la corriente se la llevó.

Llegamos a la finca y me estacioné en la orilla de la carretera, conteniendo las ansias. El techo de la casa era de madera y zinc, pero lo amarramos con tensores de acero, desde la calle todo se veía bien.

Bajamos la sierra de cadena, los machetes, los guantes y empecé a picar un árbol de quenepas que cayó sobre la verja y el portón de la entrada.

Elena divisó al vecino bajando por la calle con su bulldozer amarillo y lo detuvo. Venía arrasando con todo lo que encontraba de frente con la pala mecánica. Amarramos los troncos con una cadena y la máquina los sacó en un momento.

—Estamos a la orden —dijo el vecino, mirando a Elena, acercándosele con afecto a papá y dándole la mano—. Este viejito tuyo lo conozco desde nene, crecí en estos montes, cogiendo guayabas por allá arriba por las sínsoras.

—Pues mucho gusto, soy Elena. Vivimos en Estados Unidos, vinimos de visita y nos cogió el temporal. ¿Qué usted cree?

—¡Pero qué suerte tienen! Yo viví en los estados treinta y dos años, me retiré y compré la finquita de aquí al lado. Esto es un placer, de aquí no me voy. Ya hubiese querido hacer eso antes. Y tú, ¿por qué no te vienes para el campo? —me preguntó—, se

183

nota que te gusta. ¡Cómo coges ese machete, muchacho, yo te vi desde allá y dije, a cará, si este es machetero!

Se despidió para seguir por el barrio haciendo favores y quedé en visitarlo antes de irnos. De inmediato entramos, bordeando la casa, por detrás era otra cosa. El viento tumbó el árbol de corazón que el viejo había sembrado frente a la terraza. Cayó sobre el techo. Abriendo varios huecos inmensos en las planchas de zinc. Lo sembró ahí porque le gustaba coger las frutas con la mano desde la casa.

Los dejé abajo y me fui a ver la casa por dentro. Entraba un rayo de luz por el hueco en el techo y parecía como si las luces estuvieran encendidas o las ventanas abiertas. Los muebles de la sala y la cocina estaban empapados y llenos de hojas por encima. No podíamos hacer nada en ese momento, así que decidimos irnos. Elena quería entrar a la finca, pero papá no quiso.

—Lo que se quedó, se quedó, no hay más na, *please, goodbye* —dijo papá, despidiéndose resignado y de espaldas a la casa.

Camino al pueblo, nos detuvimos en el parque Arturo Lluberas. El alcalde había instalado Wifi gratis en varios lugares públicos del pueblo y ante la emergencia, era donde único la gente podía conectarse, así que el parque estaba lleno de gente.

Me encontré con varias amistades y nos enteramos de que estaban cancelando todos los vuelos para salir del país. Así que llamamos a la aerolínea para saber el estatus y en efecto, estaba cancelado. Quedamos en llamar luego para reservar otro vuelo y nos fuimos para la casa.

—A mí las ganas que me dan es de quedarme aquí y mandar todo pal carajo. Me da pena irme y dejar las cosas así —le dije a Elena mientras se bajaba de la guagua, desahogándome, estacionados frente a casa de los abuelos.

—Mira, yo me vine tantas veces de los Estados Unidos por esa finquita —me dijo papá, todavía

185

montado en la guagua—. Aquí es que me siento bien. A pesar de haber pasado tantos malestares cuando nene. Tú no te vengas hasta que te retires de tu trabajo, con una pensión y muchos miles ahorrados.

3:00 p.m.

Elena y yo regresamos al campo solos. Llevamos comida, pailas vacías para recoger agua de la quebrada, herramientas y ropa para bañarnos en el río. De camino, le conté lo que papá me dijo, buscando una excusa para tocar el tema del regreso a la isla.

—Tú me imaginas que pudiéramos quedarnos con el colmado. Ser la cuarta generación y convertirlo en un negocio viable.

Me miró de reojo y dejamos la conversación para después. Nos pusimos a recoger escombros en los alrededores de la casa y los acumulamos en la orilla de la carretera para que el municipio se los llevara. Me trepé al techo con la sierra y el machete a cortar las ramas resquebrajadas que aún estaban adheridas al árbol y las tiré abajo. Luego le puse un toldo que teníamos guardado y así lo dejé.

Terminamos y nos fuimos a caminar por la carretera, hacia el terreno de los primos. La corriente de la quebrada arrancó la brea en la curva y se veían los pedazos tirados jalda abajo desde la calle. Así que nos tiramos tras la pista del asfalto y caminamos por la quebrada, metiéndonos en cuanto charco encontrábamos. Andábamos en botas, pero Elena se las quitó, quería sentir el contacto con la tierra y la sensación de las piedras en sus pies. La creciente amontonó un montón de basura y animales muertos en la orilla. Llegamos hasta el río, todavía estaba turbio, la creciente seguía trayendo maleza de la altura.

—El agua está fría, bien rica, pruébala —me dijo Elena, zambulléndose y dándose sorbos de agua en una poza que se veía cristalina.

Día 9

9:15 a.m.

Papá estaba sin ánimo. Elena lo invitó a desayunar y llegó arrastrando los pies. Puso sobre la mesa una bolsa pequeña de tela, llena de monedas y con un cordoncillo amarrado a la vuelta de la boca. Nos sentamos a desayunar y nos contó la historia del Jacho.

Yo en el campo me criaba
y en casa había un quinqué
donde vivía un ciempié
que a la familia acosaba,
la luz de su andar echaba
por la loma y sus caminos,
acompañando los trinos
de un zorzal de ala parda
que en su mirada resguarda
espíritus campesinos.

El jacho cubría su entierro
y a quien dárselo quería
una trampa le tendía
para hacer el desentierro,
que lamiera un perro fierro
de rabo a cabo la azada
antes de hincarla en su alada
esperanza de fortuna
sin sospechar que la hambruna
en su ser haría morada.

Una tarde imaginé
que para vencerlo había
que rezar una homilía
a San José le abogué,
de rodillas excavé
y de chavos una ofrenda
adentrado por la senda
presenté para el permiso
y me respondió el occiso
ya te has ganado la prenda.

Era un bolso colorido
amarrado con cautela
y en el nudo una espuela
de algún gallo mal vivido,
de monedas un surtido
en mi bolsillo lo eché
el cordoncillo apreté
y corriendo por el trillo
del susto boté mi anillo
y de rabia me llené.

Me tiré por los caimitos
con unos ramos de palma
pero sin perder la calma
azorando los mosquitos,
me acordé de los chavitos
y la ofrenda que dejé
a la senda regresé
por la honda y tenebrosa
quebrada de la espinosa
y en gotas me aluminé.

La picada del ciempié
del sueño me despertó
pero el jacho me timó
y enterrado me encontré,
a la tierra retorné
y al difunto conocí
ahí mismo le concedí
la luz que habita en mi entraña
para que siga la engaña
y en la finca florecí.

Día 10

8:00 a.m.

Elena se levantó con vómitos y diarrea explosiva. Sospechábamos que era un virus de 24 horas, así que la dejamos quieta descansando. Busqué una de las botellas de agua que habíamos traído del campo y se la puse al lado de la cama. Llevábamos días tomando agua de la quebrada de la finca.

Agarré la sierra, el machete y otras herramientas y me fui a ver cómo seguían los tíos. Intenté llegar a casa de titi Gloria, pero había que pasar por Luchetti o la autopista y ambas rutas seguían clausuradas. Lo seguí para casa de titi Gloria, allá les ayudé a remover un árbol que cayó sobre la verja de atrás. La última parada fue en casa de titi Nerín. Necesitaban picar el tronco de una palma que se había caído con los vientos. Recogimos un montón de cocos que estaban regados por el patio.

—Avemaría, ¿tú sabes qué baja bien con estos coquitos? Un wiskisillo —dijo tío, salivando por darse el palo.

Titi buscó una botella de Dewars 12 años y nos hicimos algo. Ellos tenían planta y la nevera estaba encendida. Así que llené un vaso grande con hielo, le eché el jugo de medio limón, un chorro largo de whiskey y agua de coco hasta arriba.

—Estos whiskies saben a gloria —dijo Tomás, camino al patio donde nos sentamos a conversar.

—Elena está enferma. Llevo todo el día dando vueltas, visitando y ayudando a gente para despejarme la mente.

—Llévala al hospital, que va y es otra cosa, uno no sabe. Si el hospital de aquí está muy lleno, puedes tratar los del área o llamar a algún médico en caso extremo para que vaya a la casa.

Regresé al pueblo, contento con la información de un doctor que era amigo de la familia. Fui a la plaza, me metí en Facebook, compartí algunas fotos y llamé a la aerolínea para poner el vuelo de regreso en *hold*.

Llegué a la casa y encontré a Elena tirada en la cama, deshidratada y con migraña. Le di algo de comer y la llevé al hospital. La medicaron para el dolor, le pusieron sueros y le sacaron sangre. Le dieron medicamentos para llevar y unos sueros en botella para el malestar estomacal. Regresamos a la casa y nos comimos una sopita Lipton.

Día 11

7:30 a.m.

Elena se levantó con fiebre, escalofríos y dolor de cabeza, seguía con nauseas. Quería llevarla al hospital otra vez, pero primero bajé al pueblo para pasar por la farmacia y ver si don Jaime me daba algo. Me fui a pie, no podía seguir gastando gasolina. Las filas en las gasolineras ocupaban calles enteras y había gente que llevaba toda la noche haciendo fila.

Me detuve en la plaza de recreo y me senté en un banquito. A mi alrededor todo estaba en ruinas, la iglesia, el teatro Ideal y muchos negocios perdieron parte del techo y el empañetado se veía descascarado. Don Jaime me vendió algunos medicamentos y me fui contento. Camino a la casa, tomé la ruta del Peligro, entrando por el callejón al final de la calle Mattei Lluveras y saliendo por el Tendal.

Llegué a la casa y me encontré con los papás de Elena. Don Pepe me dijo que fueron al hospital y no encontraron el récord de la visita anterior. Los laboratorios que le realizaron no aparecían y la única evidencia de su tratamiento eran algunos papeles que nos dieron al darle de alta. Decidimos que se fuera con ellos para su casa. Allá tenían planta eléctrica y suficiente gasolina, al menos tendría abanico en el cuarto. De camino, la llevaron al CDT de Guánica. Le tomaron nuevas muestras de sangre y les dijeron que las enviarían al laboratorio tan pronto pudieran, pero no había certeza de si las podrían procesar, ni de cuándo. La estabilizaron. No la hospitalizaron porque según el médico de turno: «Los limitados recursos del hospital ante la emergencia son solamente para personas en estado de gravedad».

11:16 a.m.

Me monté en la guagua y salí para el campo. Le pasé de largo a la finca y llegué a casa del vecino. Lo encontré sentado en el balcón alimentando a sus palomas.

—Vente, móntate, vamos a bajar para la finca para enseñarte lo que tengo sembrado aquí— me dijo, encaramado en el Suzuki Samurai.

Nos metimos por un portón de acero, construido por él mismo. Nos estacionamos en la tala, dimos una vuelta por los caminos y conversamos.

—Mira, aquí yo tengo de todo. Como hice la casita allá arriba y me quedo en ocasiones, pegado a la parte de atrás tengo las verduras y las especias. Aquí viene gente buscando comprar y yo no le puedo vender, no me da, esto es para mí. Un muchacho que debió haber estado contigo en la escuela, de Sierra Alta, que vende conejos, a ese es al único que le hago intercambio. El otro día me trajo dos conejos y le di un saco de ñames. Me dijo que durante el temporal tuvo que meter a más de cuarenta conejos en la casa, tenía que salvarlos.

—Sí, yo sé de quién hablas, el barbero.

—Ese mismo —me respondió, apuntando a unas rocas puntiagudas que salen del terreno como estalagmitas y cubren una loma de arriba a abajo—. ¿Tú ves esos peñones? Esas son las piedras más lindas que yo he visto. Oye, pero que negras son, ¿te fijas? Parecen una cordillera.

—Nosotros tenemos un montón de esas piedras en la finca. Bien arriba en el terreno, hay un árbol de mangó que parece que creció en medio de un peñón de esos. La vista desde allí es linda, se ve el Rodadero de cerca, tu finca y el río bajando desde la altura.

—Mira, aquí al menos las matas bajitas resistieron, yo creo que fueron las piedras esas, que aguantaron un poco los vientos. Los plátanos y los guineos se perdieron. A mí me gusta tener chinas, limones, tú sabes, lo que uno necesita. Así pensaban tu abuelo y su pai, ellos no compraban nada del supermercado y se lo decían orgullosos a todo el mundo.

—Chacho todavía, así enfermo como está, pero la verdad es que conmigo ha sido bueno.

—Claro, porque con los nietos uno es distinto, te lo digo yo.

La conversación nos llevó hasta la nueva orilla del río. A unos veinte pies más afuera de donde solía pasar. La corriente, cerrera y sin remordimientos, se extendió hasta donde quiso. Nos sentamos encima de unas ramas caídas y seguimos conversando.

—Me gustaría tener mi propio terreno, para venirme para acá en unos años y me gustaría hacerte una oferta, a ver qué piensas.

—Ajá… dime a ver.

—Me gustaría saber por cuánto me vendes una cuerda de terreno que colinde con la finca de casa, allá en la guardarraya.

—Fíjate, me coges de sorpresa y a la vez no, para serte honesto. Tú lo llevas en la sangre y aunque eres joven, últimamente, el campo está de moda. Me gusta que la juventud se interese por la agricultura. ¿Y para qué la quieres?

—Para sembrar y hacer una casita.

Salimos de la finca en el Jeep, cogimos carretera y llegamos a la guardarraya.

—Mira, en este palo está la línea que divide las fincas. Te voy a hacer una oferta a ver qué piensas. Tengo que hablarlo con la mujer, pero así tienes algo en qué pensar y después hablamos —me dijo, pensativo, todavía montado en el Samurai y con una pierna trepada en el *dash*—. Esa casita que tú ves allí alante es mi terreno, la compré como parte del negocio cuando adquirí todo lo mío. Desde esa casa hasta aquí hay como cuerda y media. Dame veinte mil pesos y te doy la casita con el terreno desde allí hasta acá. La verdad es que yo no la quiero para nada y pensaba derrumbarla o hacerla almacén. Lo que tiene es un cuarto.

—Trato hecho —le dije.

7:14 p.m.

Me cogió la noche camino al pueblo. Iba pensando en cómo conseguir el dinero. No quería irme sin hacer el negocio, pero tenía que hablarlo con Elena. Pasé por una gasolinera y luego de un rato pude echar diez dólares, todavía estaban limitando la venta. Compré una caja de botellas de agua y un *coffee cake* de piña Holsum.

Llegué directo al negocio de tío. Había cerrado, estaba limpiando y organizando. Me puse a ayudarlo y mientras mapeábamos, hablamos de Elena, del temporal, de lo feas que estaban las losas y del negocio con el vecino.

—¿Entonces qué, sí quieres venirte para acá? ¿Vas a coger el negocio?

—Todavía tengo que hablarlo con Elena, pero sí, ese es el plan. Lo del campo es una inversión. Tengo que tener un terreno acá, con una casa para quedarme cuando venga. Además, viviríamos allí cuando regresemos, si es que regresamos pronto, aunque sea por un tiempo. No quiero estar alquilado ni con nadie cuando llegue ese momento. Según las historias de los pasados días, papá esperó a llegar para comprar casa, y tú, por lo que yo sé, antes de irte, ya tenías la tuya. A nosotros nos va bien allá afuera —le dije—. Pero es más de lo mismo y me aburre estar allá. Tengo trabajo, hacemos amistades nuevas donde quiera que nos mudamos. Pero no tenemos familia. Ahora mismo con Elena, si ella se hubiese enfermado estando allá, ¿tú no crees que ella hubiese querido estar con sus papás? Y si algo le pasa, y si de verdad está bien enferma, si cogió una bacteria o algo así y se me muere, ¿qué voy a hacer? Elena y yo hablamos todo el tiempo de regresar y hasta relajamos con quedarnos con esta tienda. Ser la cuarta generación y hacer lo que hicieron todos ustedes, ponerla a mi estilo y darle vida nueva.

—Llevo 30 años en este negocio y no es fácil, uno es esclavo de los negocios. Cuando llegué estaba caído, papi lo tenía caído. Con sus repugnancias, le salía de atrás palante a la gente. Él fue proactivo al principio, pero no hizo nada más después. Él tenía un altoparlante que usaba para compartir los especiales con la gente del barrio. La bocina estaba afuera, en una cajita de rejas clavada a la pared bien arriba, y daba los especiales a través de un micrófono que tenía al lado de adentro del mostrador. Eso a la gente no le gustaba. Se quejaban con mami, no se atrevían a decirle nada a él porque era malcriao.

Día 12

9:15 a.m.

—Surprise, mami!

—¡Ay Dios mío que me da un infarto! Muchacha, ¿pero qué tú haces aquí?

—Pues aquí, en casa, a estar con ustedes un tiempo. I know it's not easy what you are going through. Me canso de llamarlos, no los consigo, I can't deal with that, mami.

—Esa gringa como que yo la conozco —dijo tío, mientras caminaba, vacilante, hacia la puerta—. Hermanita, ¡qué bueno verte!

—Mami, bendición, how did you get here? I've been trying to get home for days and all flights were canceled —le dije, sacándola aparte para hablar un rato.

—Well, I talked to a friend of mine, who is a pilot and owns an airplane. He flew me over here.

—Wow, mami, that's awesome! I am glad you were able to make it.

—Where is Elena?

—Elena is sick, and that's not all. We still have no electricity or water, the farm is in shambles, anyway, you will see.

—I know, it's all good. I am here now, and I am not leaving until I see things have improved. I want to see her. Where is she?

—Está con sus papás. No sabemos qué tiene. Allá la están cuidando, tienen planta y ya les llegó el agua.

—Entiendo. Look, Vitito, I am so sorry for your plans for the wedding didn't go as you expected. I love you guys, and I wish the best for you two. I sent each of you a Bitcoin as a present. I imagine that you have not connected to your wallet, but you will see it.

—Thanks, ma. Nosotros sabíamos que era la temporada de huracanes y que había algo por ahí, pero como esas cosas siempre se desvían seguimos planificando todo si nada. We'll do something better later. And thanks for the crypto, wow, my first Bitcoin. I only have some altcoins, and I haven't been able to invest much.

—We'll talk about that later. Were you getting ready to leave? ¿Qué hacen?

—Vamos para la finca y después para casa de Elena. A ver cómo sigue y a llevarle un par de cosas. No te he contado. Estoy pensando comprar un terrenito en el campo y quiero discutirlo con ella.

—Wow, that's nice! Let's go, I'm in. Let me change.

10:30 a.m.

Ya en la finca, tío se fue a hacer sus cosas y yo me fui con mami a caminar hasta el terreno que quería comprar. Nos llevamos a Puchunga, que por ratos se iba con tío.

—Mamá y papá me han contado durante estos días de su vida en Estados Unidos, sobre todo de las mudanzas —le dije, a ver qué decía—. Ha sido bueno conocer sus historias. Y ya que estás aquí, cuál es tu versión, ¿qué tú recuerdas de aquellos tiempos? Sobre todo, cuando regresaron de Chicago.

—I was 14, almost 15, yes, almost 15. I turned 15 in Puerto Rico.

—¿Y te hicieron quinceañero?

—Nothing too fancy, just with the family at mami Sarín's house, I remember it like it was yesterday. A little party, it was nothing, nothing special, we didn't have a misa at church, nothing, very simple. The tías were there, the cousins. We

213

played our favorite songs de la época, tú sabes, had a cake, and we took some photos. Nothing very special, we had a good time, as we always used to as a family.

—¿Pero no recuerdas una historia memorable de ese día? Algo fastidioso, positivo, negativo, algo.

—No, nothing negative happened and nothing too positive. It was nice because I made some new friends from el barrio. I would give my teta derecha to see those pictures now. Roberto, titi Azucena's husband, who at that time liked to make videos with a huge handheld camera that he had, he made a video. I actually have that video at home. But nothing else other than that, nothing spectacular. Because it was just us, two or three hours. You know papi is cheap. They didn't give me any special treatment, nothing. I didn't have a fancy dress or anything. But yeah, I had a good time with the cousins fooling around. We were many cousins at that time and we were close, the cousins now are not like that, the children of the cousins are not as close as we were, we were cousins who met all the time. I remember Becky, she loved to dance and they would give her a peseta if she danced, as a joke, you know. She was always very picúa, she quickly put on a show. She was so cute. She wasn't self-conscious or anything, bien firulística.

En eso llegamos al cantito de terreno, nos metimos por entre los alambres de púa y caminamos hasta el río montaña abajo. Allí nos encontramos a Puchunga, como si supiera, estaba esperándonos. Nos sentamos en un tronco caído y seguimos conversando.

—Ustedes vivieron aquí un tiempo, en la casa del campo. Cuéntame algo.

—Well, before we moved to Chicago, we lived there for a little while. A few years, but not long. I remember that mami had a job in the city and we didn't go to school here, so we would leave in the morning and return at dusk, we went to school downtown.

—Bendito, ustedes solos en esa casa tan solitaria, para esa fecha, me imagino que no había luces en la calle y que pasaban bien pocos carros por el área.

—Exactly! But papi had a gun and he had left it there in the house. A .38 special, for some reason I remember that fact. He had told mami that if there was any noise in the yard or if someone broke in to steal, to shoot them or to detonate the weapon to scare them off. Imagínate, papi era loco. Then one night we were in the living room and we heard a noise, like someone walking around the house. And that is so lonely, so dark. Now thinking about it, mami was brave, but a little irresponsible, she should never have done that. A woman with small children living alone in a farmhouse surrounded by mountains and not a house in miles. They can rape you or kill you right there and nobody would find out. So, she pulled out the gun and fired a shot out the window in case anyone was there. It scared us like hell, oh my God, I didn't sleep for two nights. Imagine, we didn't even have a telephone. After a certain hour, not a soul goes through there.

Caminamos un rato por el terreno, pasamos por la casita que el vecino me ofreció y ahí nos dimos cuenta de la hora. Había atardecido y todavía teníamos que ir a casa de Elena.

6:45 p.m.

Nos montamos en la guagua, tiramos a Puchunga en el cajón y tratamos de llegar a Guayanilla por Sierra Alta. La carretera estaba llena de escombros, pero se pudo. Al llegar a casa de Elena, no había nadie. Los vecinos la vieron salir de la casa en camilla. Adolorida, con los ojos rojos y las piernas hinchadas.

Llegamos hasta el hospital de Yauco y allí nos encontramos con Pepe, estacionado en la entrada de emergencias. Nos dijo que la habían llevado en ambulancia al hospital de San Germán. Allí conversamos con Betsy en el estacionamiento.

—Ustedes fueron al campo y se bañaron en el río varias veces, pero tú estás bien, no entiendo lo que pasa, cómo es que ella se contagia con esa bacteria y tú no.

Día 24

11:00 a.m.

Terminé quedándome en Puerto Rico y comprando el cantito de terreno del vecino en Duey. Aquí están las tías limpiando y decorando con regalos que trajeron. Mamá y papá están en el patio, con tío y mami; conversando y sembrando varias matas de tomates, pimientos y especias que trajeron para hacer un huerto casero.

—Papi, I remember one time, when you decided to put up a chicken coop in the back of the house. ¿Do you remember?

—Claro que sí, después quise hacerlo otra vez, pero no se me dio.

—You bought quite a few chickens. But it did not go well because you could not pay an employee. It was not easy, the chickens got sick with *moquillo* and the stink of excrement was horrible. But you were always an entrepreneur, I give you that, papi.

Llegó Elena son sus papás y Puchunga sale contenta a recibirla. Tití Azucena sube el volumen de la radio y nos emocionamos al son de un aguinaldo jíbaro. Nos recuerda que se acerca la navidad.

//Canta mi aguinaldo
quiero celebrar
vámonos bailando
hasta el cafetal//

Me fui a los Estados
y que a trabajar
para compensar
años apretados,
ay afortunados
suelo y sol trigueño
en mi sur isleño
con los suyos vivan
no se me desvivan
luchen con empeño.

//Canta mi aguinaldo

quiero celebrar

vámonos bailando

hasta el cafetal//

Hoy has regresado

hasta tu terruño

y el cariño acuño

hasta desvelado,

hemos comenzado

la fiesta bonita

para tu viejita

y amigos cabales

traigan los timbales

llegó la visita.

//Canta mi aguinaldo
quiero celebrar
vámonos bailando
hasta el cafetal//

 Venga mi vecino
que piqué un lechón
esta sabrosón
rico y bien divino,
oye campesino
tenemos morcilla
y suave natilla
que aunque el rancho es pobre
no habrá quien le cobre
llegue en la potrilla.

//Canta mi aguinaldo

quiero celebrar

vámonos bailando

hasta el cafetal//

De mi ron cañita

pongo a sus mercedes

y les traigo a ustedes

una canequita

recién sacaita

pa que se desvelen

pero no me pelen

no es problema mío

si acaba jendio

que un café le cuelen.

//Canta mi aguinaldo

quiero celebrar

vámonos bailando

hasta el cafetal//

Gracias mi hermanito

hoy por invitarme

tuve que bañarme

aquí te lo admito,

te traje un caimito

junto a la cosecha

de batata hecha

ñame blanco hervido

hoy te lo convido

vente y aprovecha.

//Canta mi aguinaldo

quiero celebrar

vámonos bailando

hasta el cafetal//

Se acabó. Lo que se quedó, se quedó.

Please, no hay más na.

Agradecimientos

Primeramente, a mi familia, Aileen y Amaleea. Por su apoyo y entendimiento, gracias.

A mis abuelos, familiares, amistades y desconocidos que proveyeron inspiración para este libro, gracias.

Al equipo de correctores y editores que con paciencia y profesionalismo supieron dirigir este proyecto literario hasta lograr el producto final que todos ahora podemos disfrutar, incluyendo el Dr. José Juan Báez Fumero, el Lic. Hiram Sánchez Martínez, y el escritor y librero, Luis Negrón. Gracias.

Al Taller de Investigación y Desarrollo Cultural (TAINDEC) por su apoyo editorial, gracias.

Al equipo que hizo posible este audiolibro. Al trovador Heriberto Rivera. A Tito Alvarez de Furia Music Studio, donde se grabó la historia, la música y las voces de las canciones contenidas en él. A Edgar García, lector del audiolibro, por su acertada interpretación de los personajes. A las fantásticas voces de Waldo Torres, Heriberto Rivera y Coralys Rodríguez que interpretaron los temas magistralmente, gracias.

A los músicos que interpretaron los temas musicales incluidos en este libro: Mariano Jurado (Juradito), Carlos Martínez y Javier Tito Álvarez, gracias.

Enantes